Œuvres & thèmes

Collection dirigée par Hélène Potelet et Georges Décote

Émile Zola

Au bonheur des dames

classiques Hatier

Un genre

Le roman

Marigold Bobbio,
certifiée de lettres classiques

Hatier
ris 2003
BN 2-218-**74520**-8
SN 0184 0851

Hatier

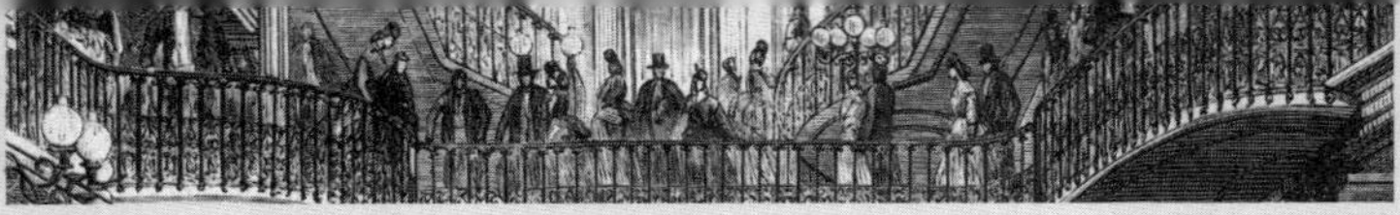

L'air du temps

Au bonheur des dames

■ Zola fait paraître *Au bonheur des dames* en 1883. C'est le onzième roman d'un cycle de vingt, intitulé *Les Rougon-Macquart, Histoire naturelle et sociale d'une famille sous le Second Empire.* Ce cycle met en scène des personnages d'une même famille et dresse une vaste fresque de la société de la seconde moitié du XIXe siècle. Zola est l'inventeur d'une conception nouvelle du roman : le naturalisme.

■ Le coup d'État de Napoléon III, le 2 décembre 1851, instaure le Second Empire. C'est le début de la société industrielle qui se poursuit sous la IIIe République.

À la même époque...

■ Depuis 1860, à Paris, à l'exemple du *Bon Marché* d'Aristide Boucicaut, les grand magasins se développent rapidement.

■ En 1882, l'enseignement primaire, gratuit depuis 1881, devient obligatoire.

■ En 1868, Édouard Manet fait le portrait de Zola et peint en 1872 la *Gare Saint-Lazare*.

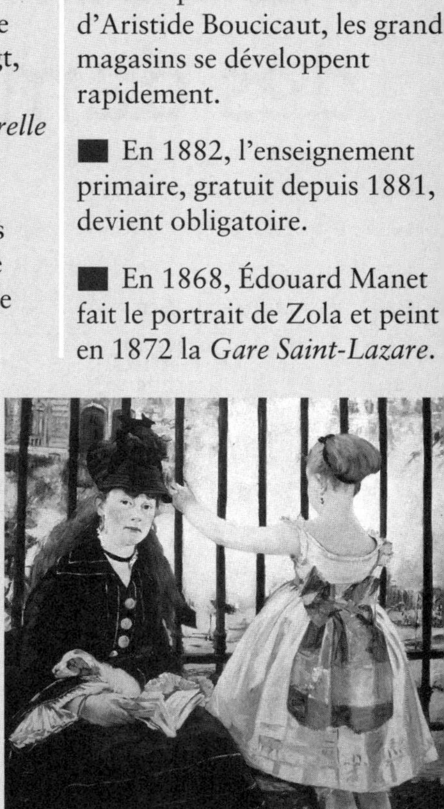

Sommaire

Introduction

Émile Zola (1840-1902)

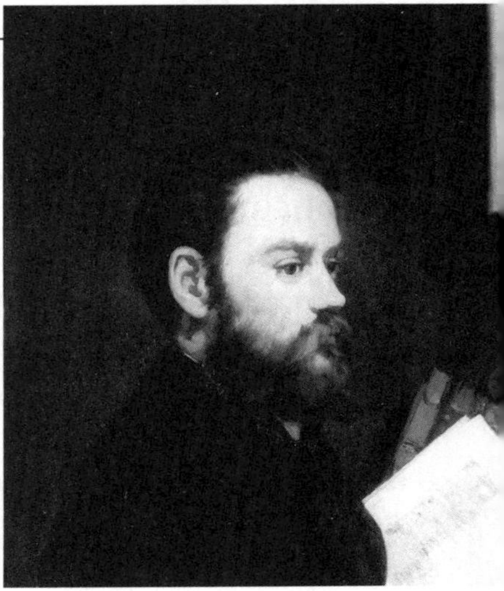

Portrait de Zola par Manet, 1868 (détail).

Un écrivain engagé

Émile Zola naît à Paris en 1840. Son père, d'origine italienne, est ingénieur des travaux publics. La famille s'installe en 1843 à Aix-en-Provence où le père doit construire un canal. Mais celui-ci meurt en 1847. La famille vit alors dans la gène. Émile fait ses études au collège d'Aix-en-Provence, puis suit sa mère à Paris. Il échoue au baccalauréat et entre en 1862 dans la maison d'édition fondée par Louis Hachette où il devient chef de la publicité.

Il commence à écrire et, après la parution de *Thérèse Raquin* (1867) et *Madeleine Férat* (1868), décide de vivre de sa plume. Il devient critique littéraire et journaliste politique. Puis il décide de mettre en chantier une grande série romanesque : les *Rougon-Macquart*. Le premier volume, *La Fortune des Rougon*, paraît en 1871, le vingtième, *Le Docteur Pascal*, en 1893. Certains de ces romans font scandale mais lui apportent le succès et l'aisance matérielle. Il achète en 1878 une maison à Médan où il reçoit ses nombreux amis, écrivains ou peintres (Cézanne, Flaubert, Maupassant, Manet...).

Après 1893, il se lance dans de nouveaux cycles d'œuvres, *Les Trois Villes : Lourdes, Rome, Paris*, qu'il voulait être le « bilan religieux, philosophique et social du siècle », et *Les Quatre Évangiles*, dont il ne terminera pas le dernier volume. Il meurt dans son appartement parisien en 1902, asphyxié par les émanations de gaz de sa cheminée. On a longtemps pensé à un accident, mais il s'agit plus sûrement d'un assassinat.

En effet, Zola a développé des idées socialistes et apparaît comme un auteur engagé dans les luttes de son temps : les dernières années de sa vie sont marquées par la défense du capitaine Dreyfus, injustement accusé d'espionnage au profit des Allemands et déporté en Guyane. Pour défendre cet officier juif, Zola fait paraître dans le journal *L'Aurore* un article devenu célèbre : « J'accuse ». Il est alors condamné à une lourde amende et obligé de s'exiler un an en Angleterre.

Le naturalisme

L'ambition de Zola est de donner à la littérature un statut scientifique. Il n'est pas satisfait par le réalisme des romanciers qui l'ont précédé au cours du XIXe siècle. Pour Stendhal (1783-1842) ou Balzac (1799-1850), pour Flaubert (1821-1880) ou Maupassant (1850-1893), avec des nuances et des différences, le roman doit offrir une représentation du réel, s'appuyer sur l'observation précise de la réalité et de la société contemporaine.
Zola, lui, est influencé par les recherches scientifiques de son temps : celles de Charles Darwin (1809-1882) sur l'évolution des espèces, de Claude Bernard (1813-1878) sur la médecine expérimentale, ou les recherches sur l'hérédité. Il souhaite que le romancier soit « un observateur et un expérimentateur », s'appuie sur une documentation précise et montre que les comportements humains sont le résultat de l'influence de l'hérédité, du milieu familial et social et de l'état physiologique du corps.
Cependant, l'œuvre de Zola dépasse la stricte observation de la réalité et l'étude scientifique par une écriture qui puise son inspiration dans un imaginaire puissant et le registre épique. Elle témoigne également d'une volonté de changement social.

Les *Rougon-Macquart*

Pour mettre en œuvre ses projets littéraires, Zola imagine de rédiger en dix romans puis en vingt l'histoire d'une famille sur plusieurs générations. Il montre ainsi l'influence de l'hérédité. L'aïeule, Adélaïde Fouque, bizarre et nerveuse, qui sombrera dans la folie, a des enfants de son mari Rougon et de son amant Macquart. Chaque volume

des *Rougon-Macquart* raconte l'histoire d'un membre de la famille, située dans un milieu social différent.
Le cadre chronologique choisi est le Second Empire (1852-1870), mais certains volumes (c'est le cas de *Au bonheur des dames*) s'inspirent également de la réalité des débuts de la IIIe République.
L'œuvre montre aussi bien la richesse de la nouvelle bourgeoisie d'affaires (*La Curée*, 1872), l'ambition politique (*Son Excellence Eugène Rougon*, 1876), la vie d'une prostituée de luxe (*Nana*, 1880) que les ouvriers parisiens rongés par l'alcoolisme (*L'Assommoir*, 1877), une grève de mineurs dans le Nord (*Germinal*, 1855) ou le monde des chemins de fer et le meurtre (*La Bête humaine*, 1890).

Au bonheur des dames

En 1881, Zola commence à écrire ce roman sur le commerce auquel il a pensé dès la conception du plan des *Rougon-Macquart*. Dès sa venue à Paris en 1859, il a assisté, fasciné, à la transformation d'une ville ancienne et sombre en une ville moderne aux larges rues bordées de grands commerces.
Le héros de ce roman est Octave Mouret, le petit-fils d'Adélaïde Fouque et de Rougon, dont Zola a raconté les débuts à Paris dans *Pot-Bouille* (1882). Zola écrit : « Je veux, dans *Au bonheur des dames*, faire le poème de l'activité moderne. Donc changement complet de philosophie : plus de pessimisme d'abord, ne pas conclure à la bêtise et à la mélancolie de la vie, conclure au contraire à son continuel labeur, à la puissance et à la gaieté de son enfantement. En un mot, aller avec le siècle, exprimer le siècle, qui est un siècle d'action et de conquête, d'efforts dans tous les sens. » Mouret sera donc un héros sympathique, plein d'énergie et le roman connaîtra une fin heureuse.
Le dossier préparatoire de l'œuvre montre que Zola a mené une enquête minutieuse sur les grands magasins en visitant *Le Louvre, Le Bon Marché, La Place Clichy*. Il prend des notes, il fait des plans, il s'entretient avec des employés de ces grands magasins et réunit 380 pages de documents.
Il va ainsi montrer la lutte entre le petit commerce et les grands magasins, en ramassant en quelques années un phénomène qui s'est étalé sur plus de vingt ans.

Émile Zola

Au bonheur des dames

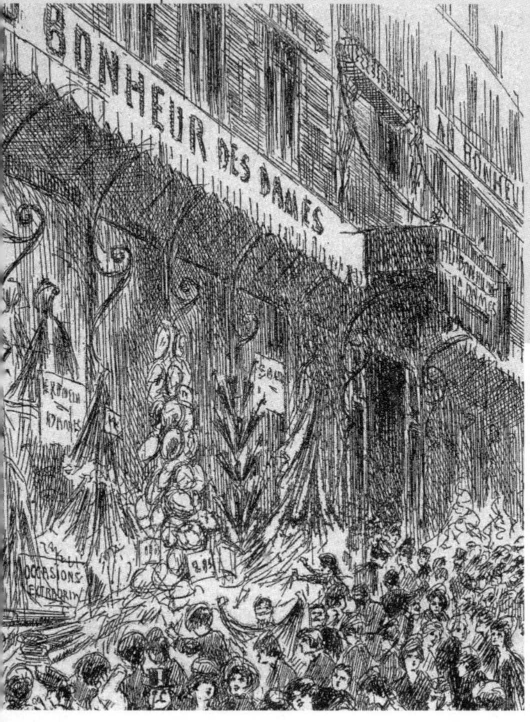

Illustration anonyme, fin XIXe siècle.

Extrait 1

« … en voilà un magasin ! »

Denise était venue à pied de la gare Saint-Lazare, où un train de Cherbourg l'avait débarquée avec ses deux frères, après une nuit passée sur la dure banquette d'un wagon de troisième classe. Elle tenait par la main Pépé, et Jean la suivait, tous les trois brisés du voyage, effarés et perdus au milieu du vaste Paris, le nez levé sur les maisons, demandant à chaque carrefour la rue de la Michodière, dans laquelle leur oncle Baudu demeurait. Mais, comme elle débouchait enfin sur la place Gaillon[1], la jeune fille s'arrêta net de surprise.

– Oh ! dit-elle, regarde un peu, Jean !

Et ils restèrent plantés, serrés les uns contre les autres, tout en noir, achevant les vieux vêtements du deuil de leur père. Elle, chétive[2] pour ses vingt ans, l'air pauvre, portait un léger paquet ; tandis que, de l'autre côté, le petit frère, âgé de cinq ans, se pendait à son bras, et que, derrière son épaule, le grand frère, dont les seize ans superbes florissaient, était debout, les mains ballantes.

– Ah bien ! reprit-elle après un silence, en voilà un magasin !

C'était, à l'encoignure de la rue de la Michodière et de la rue Neuve-Saint-Augustin[3], un magasin de nouveautés[4] dont les étalages éclataient en notes vives, dans la douce et pâle journée d'octobre. Huit heures sonnaient à Saint-Roch, il n'y avait sur les trottoirs que le Paris matinal, les employés filant à leurs bureaux et les ménagères courant les boutiques. Devant la porte, deux commis[5], montés sur une échelle

1. Voir le plan, p. 13.
2. Féminin de chétif : d'apparence maladive, maigrichonne.
3. Voir le plan, p. 13.
4. Dernières productions de l'industrie de la mode. Le magasin de nouveautés, apparu vers 1830-1840, vend des tissus, de la lingerie, de la bonneterie, des vêtements.
5. Employés.

double, finissaient de pendre des lainages, tandis que, dans une vitrine de la rue Neuve-Saint-Augustin, un autre commis, agenouillé et le dos tourné, plissait délicatement une pièce de soie bleue. Le magasin, vide encore de clientes, et où le personnel arrivait à peine, bourdonnait à l'intérieur comme une ruche qui s'éveille.

– Fichtre ! dit Jean. Ça enfonce Valognes[6]… Le tien n'était pas si beau.

Denise hocha la tête. Elle avait passé deux ans là-bas, chez Cornaille, le premier marchand de nouveautés de la ville ; et ce magasin rencontré brusquement, cette maison énorme pour elle, lui gonflait le cœur, la retenait, émue, intéressée, oublieuse du reste. Dans le pan coupé donnant sur la place Gaillon, la haute porte, toute en glace, montait jusqu'à l'entresol[7], au milieu d'une complication d'ornements, chargés de dorures. Deux figures allégoriques, deux femmes riantes, la gorge nue et renversée, déroulaient l'enseigne : *Au Bonheur des Dames*. Puis, les vitrines s'enfonçaient, longeaient la rue de la Michodière et la rue Neuve-Saint-Augustin, où elles occupaient, outre la maison d'angle, quatre autres maisons, deux à gauche deux à droite, achetées et aménagées récemment. C'était un développement qui lui semblait sans fin, dans la fuite de la perspective, avec les étalages du rez-de-chaussée et les glaces sans tain[8] de l'entresol, derrière lesquelles on voyait toute la vie intérieure des comptoirs. En haut, une demoiselle[9], habillée de soie, taillait un crayon, pendant que, près d'elle, deux autres dépliaient des manteaux de velours.

– *Au Bonheur des Dames*, lut Jean avec son rire tendre de bel adolescent, qui avait eu déjà une histoire de femme à Valognes. Hein ? c'est gentil, c'est ça qui doit faire courir le monde !

6. Petite ville du Cotentin, près de Cherbourg.
7. Étage intermédiaire entre le rez-de-chaussée et le premier étage.
8. Plaques de verre uni dont une des faces est réfléchissante, et qui permet, grâce à l'autre face, d'observer par transparence sans être vu.
9. Vendeuse.

Mais Denise demeurait absorbée, devant l'étalage de la porte centrale. Il y avait là, au plein air de la rue, sur le trottoir même, un éboulement de marchandises à bon marché, la tentation de la porte, les occasions qui arrêtaient les clientes au passage. Cela partait de haut, des pièces de lainage et de draperie, mérinos[10], cheviottes[11], molletons[12], tombaient de l'entresol, flottantes comme des drapeaux, et dont les tons neutres, gris ardoise, bleu marine, vert olive, étaient coupés par les pancartes blanches des étiquettes. À côté, encadrant le seuil, pendaient également des lanières de fourrure, des bandes étroites pour garnitures de robe, la cendre fine des dos de petit-gris[13], la neige pure des ventres de cygne, les poils de lapin de la fausse hermine[14] et de la fausse martre[15]. Puis, en bas, dans des casiers, sur des tables, au milieu d'un empilement de coupons[16], débordaient des articles de bonneterie[17] vendus pour rien, gants et fichus[18] de laine tricotés, capelines[19], gilets, tout un étalage d'hiver aux couleurs bariolées, chinées, rayées, avec des taches saignantes de rouge. Denise vit une tartanelle[20] à quarante-cinq centimes, des bandes de vison d'Amérique à un franc, et des mitaines[21] à cinq sous. C'était un déballage géant de foire, le magasin semblait crever et jeter son trop-plein à la rue.

[...]

Ils étaient si singuliers et si charmants, sur le pavé, ces trois blonds vêtus pauvrement de noir, cette fille triste entre ce joli enfant et ce garçon superbe, que les passants se retournaient avec des sourires.

10. Étoffes de laine du mouton mérinos.
11. Étoffes fabriquées à partir de la laine d'agneau d'Écosse.
12. Tissus de laine ou de coton gratté, chaud, doux et moelleux, que l'on utilise notamment pour doubler les vêtements.
13. Fourrure fournie par un écureuil de Sibérie au poil très doux.
14. Petit mammifère carnivore dont le pelage devient blanc en hiver.
15. Petit mammifère carnivore au pelage fin et lustré.
16. Pièces de tissu.
17. Articles en tricot.
18. Foulards.
19. Chapeaux féminins à larges bords.
20. Étoffe de laine à carreaux.
21. Gants laissant à découvert l'extrémité des doigts.

Depuis un instant, un gros homme à cheveux blancs et à grande face jaune, debout sur le seuil d'une boutique, de l'autre côté de la rue, les regardait. Il était là, le sang aux yeux, la bouche contractée, mis hors de lui par les étalages du *Bonheur des Dames*, lorsque la vue de la jeune fille et de ses frères avait achevé de l'exaspérer. Que faisaient-ils, ces trois nigauds, à bâiller ainsi devant des parades[22] de charlatan[23] ?

– Et l'oncle ? fit remarquer brusquement Denise, comme éveillée en sursaut.

– Nous sommes rue de la Michodière, dit Jean, il doit loger par ici.

Ils levèrent la tête, se retournèrent. Alors, juste devant eux, au-dessus du gros homme, ils aperçurent une enseigne verte, dont les lettres jaunes déteignaient sous la pluie : *Au Vieil Elbeuf, draps et flanelles, Baudu, successeur de Hauchecorne.* La maison, enduite d'un ancien badigeon[24] rouillé, toute plate au milieu des grands hôtels Louis XIV qui l'avoisinaient, n'avait que trois fenêtres de façade ; et ces fenêtres, carrées, sans persiennes[25], étaient simplement garnies d'une rampe de fer, deux barres en croix. Mais, dans cette nudité, ce qui frappa surtout Denise, dont les yeux restaient pleins des clairs étalages du *Bonheur des Dames*, ce fut la boutique du rez-de-chaussée, écrasée de plafond, surmontée d'un entresol très bas, aux baies de prison, en demi-lune. Une boiserie, de la couleur de l'enseigne, d'un vert bouteille que le temps avait nuancé d'ocre et de bitume[26], ménageait, à droite et à gauche, deux vitrines profondes, noires, poussiéreuses, où l'on distinguait vaguement des pièces d'étoffe entassées. La porte, ouverte, semblait donner sur les ténèbres humides d'une cave.

– C'est là, reprit Jean.

22. Comportements destinés à se faire valoir.
23. Personne qui exploite la crédulité d'autrui.
24. Peinture.
25. Volets.
26. Ici, couleur entre le brun et le noir.

– Eh bien ! il faut entrer, déclara Denise. Allons, viens, Pépé.

Tous trois pourtant se troublaient, saisis de timidité. Lorsque leur père était mort, emporté par la même fièvre qui avait pris leur mère, un mois auparavant, l'oncle Baudu, dans l'émotion de ce double deuil, avait bien écrit à sa nièce qu'il y aurait toujours chez lui une place pour elle, le jour où elle voudrait tenter la fortune à Paris ; mais cette lettre remontait déjà à près d'une année, et la jeune fille se repentait maintenant d'avoir ainsi quitté Valognes, en un coup de tête, sans avertir son oncle. Celui-ci ne les connaissait point, n'ayant plus remis les pieds là-bas, depuis qu'il en était parti tout jeune, pour entrer comme petit commis chez le drapier Hauchecorne, dont il avait fini par épouser la fille.

– Monsieur Baudu ? demanda Denise, en se décidant enfin à s'adresser au gros homme, qui les regardait toujours, surpris de leurs allures.

– C'est moi, répondit-il.

Alors, Denise rougit fortement et balbutia :

– Ah ! tant mieux !... Je suis Denise, et voici Jean, et voici Pépé... Vous voyez, nous sommes venus, mon oncle.

Baudu parut frappé de stupéfaction. Ses gros yeux rouges vacillaient dans sa face jaune, ses paroles lentes s'embarrassaient. Il était évidemment à mille lieues de cette famille qui lui tombait sur les épaules.

– Comment ! comment ! vous voilà ! répéta-t-il à plusieurs reprises. Mais vous étiez à Valognes !... Pourquoi n'êtes-vous pas à Valognes ?

De sa voix douce, un peu tremblante, elle dut lui donner des explications. Après la mort de leur père, qui avait mangé jusqu'au dernier sou dans sa teinturerie, elle était restée la mère des deux enfants. Ce qu'elle gagnait chez Cornaille[27]

27. Le magasin de Denise à Valognes.

ne suffisait point à les nourrir tous les trois. Jean travaillait bien chez un ébéniste, un réparateur de meubles anciens ; mais il ne touchait pas un sou. Pourtant, il prenait goût aux vieilleries, il taillait des figures dans du bois ; même, un jour, ayant découvert un morceau d'ivoire, il s'était amusé à faire une tête, qu'un monsieur de passage avait vue ; et, justement, c'était ce monsieur qui les avait décidés à quitter Valognes, en trouvant à Paris une place pour Jean, chez un ivoirier.

– Vous comprenez, mon oncle, Jean entrera dès demain en apprentissage, chez son nouveau patron. On ne me demande pas d'argent, il sera logé et nourri… Alors, j'ai pensé que Pépé et moi, nous nous tirerions toujours d'affaire. Nous ne pouvons pas être plus malheureux qu'à Valognes.

Extraits du chapitre I.

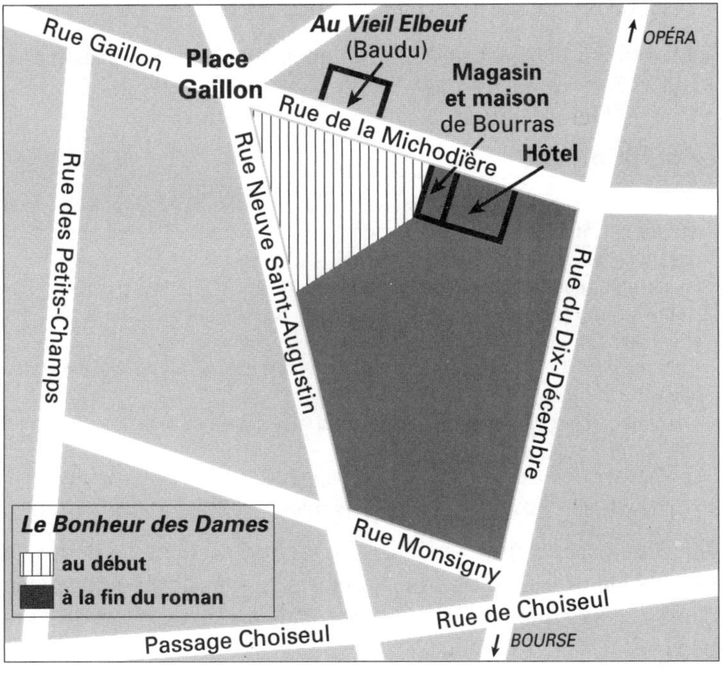

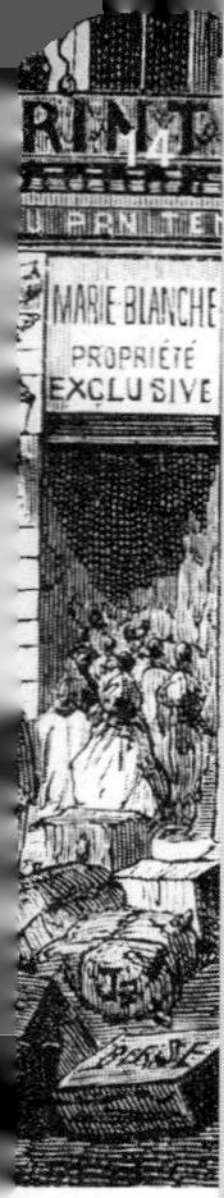

Questions

Repérer et analyser

Le narrateur

Le statut du narrateur

– L'auteur est la personne réelle qui a écrit le texte. Le narrateur est celui qui a la charge de raconter l'histoire.
– Identifier le statut du narrateur, c'est dire s'il est ou non personnage de l'histoire qu'il raconte. Dans le premier cas, il mène le récit à la première personne ; dans le second cas, il le mène à la troisième personne.
– Le narrateur peut intervenir dans le récit par des commentaires.

1 À quelle personne le narrateur mène-t-il le récit ? Qu'en déduisez-vous sur son statut ?

Les temps du récit

Le narrateur peut mener le récit au système temps présent (temps de référence : présent) ou au système temps passé (temps de référence : passé).

2 Le narrateur mène-t-il le récit au système temps présent ou passé ?

Le point de vue

Identifier le point de vue, c'est dire sous quel angle le narrateur raconte (point de vue narratif) ou donne à voir (point de vue descriptif) en se posant les questions suivantes : qui sait ? qui voit ?
Le narrateur peut adopter un point de vue :
– omniscient : il témoigne d'une connaissance parfaite des lieux, du temps, des circonstances, des sentiments et pensées des personnages, de leur passé… ;
– interne : il limite l'information et la vision à ce que sait, pense ou voit un personnage ;
– externe : il limite l'information à ce que pourrait voir un témoin extérieur, comme une caméra.
Le récit est souvent mené selon un point de vue dominant, mais le narrateur peut varier les points de vue dans un même passage.

3 Quel est le point de vue dominant adopté dans ce début de roman ? Montrez, en citant des exemples, que le narrateur témoigne d'une connaissance parfaite du passé des personnages et de leurs pensées.

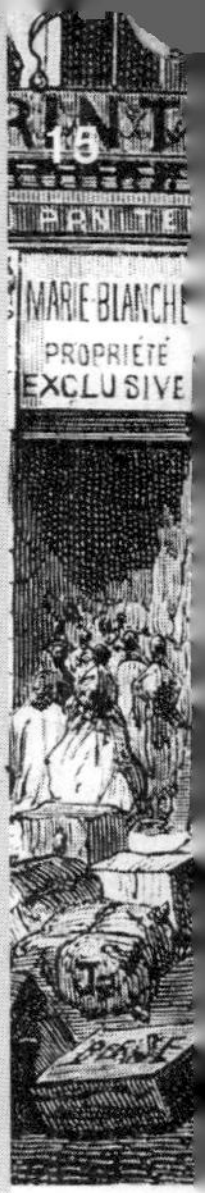

Le cadre et les personnages

4 Dans quelle ville l'action se situe-t-elle ? Dans quel quartier précis ? S'agit-il d'un cadre réaliste ?

5 À quel mois l'action débute-t-elle ? À quel moment de la journée ? Appuyez-vous sur un relevé des indications temporelles.

6 **a.** Qui sont les trois personnages en présence au début du roman ? Quels liens les unissent ?

b. Quelle image le narrateur donne-t-il d'eux ? Appuyez-vous sur des termes précis.

c. D'où viennent-ils ? Où arrivent-ils (précisez la ville et le quartier) ? Pour quelles raisons ont-ils entrepris ce voyage ? Quel est leur état d'esprit ? Appuyez-vous précisément sur le texte.

7 Quel est le quatrième personnage qui apparaît (l. 82) ? Quel lien entretient-il avec les trois autres ? Quelle image est donnée de lui ?

Le mode de narration

L'ordre de la narration

- Les événements sont souvent racontés selon l'ordre chronologique, mais le narrateur peut procéder à des retours en arrière en rapportant un événement après le moment où il se situe dans l'histoire. Le temps utilisé est le plus-que-parfait, à valeur d'antériorité dans le passé.
- Le retour en arrière fournit souvent des éléments nécessaires à la compréhension du texte, il a alors une fonction explicative.

8 Repérez un retour en arrière qui permet au narrateur de fournir des informations sur les parents de Denise et sur la raison de sa présence à Paris.

Les paroles et pensées rapportées

Le narrateur peut rapporter les paroles ou les pensées d'un personnage telles qu'il les a formulées, à l'aide de guillemets (style direct).
Il peut intégrer les paroles ou les pensées des personnages à la narration en les rapportant :
- soit au style indirect, en les reformulant par le biais d'un verbe introducteur de paroles et d'un mot subordonnant (il dit que, il pensait que…) ;
- soit au style indirect libre sans guillemets, sans verbe introducteur ni mot subordonnant ; le style indirect libre est lié au point de vue interne ;
- selon le mode du récit de paroles : il mentionne alors que des propos ont été tenus sur un sujet sans entrer dans le détail.

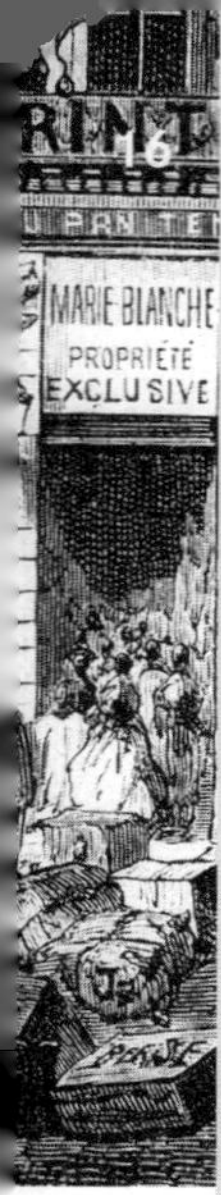

9 « Que faisaient-ils, ces trois nigauds, à bâiller ainsi devant des parades de charlatan ? » (l. 87-88).

a. De qui le narrateur rapporte-t-il les pensées ? Selon quel mode (direct, indirect…) ?

b. Quel est l'état d'esprit du personnage ? Appuyez-vous sur le lexique dévalorisant.

10 Relisez les lignes 125 à 155.

a. Quelle demande Denise fait-elle à Baudu ? Quel accueil reçoit-elle ?

b. Repérez les paroles rapportées au style direct et celles rapportées au style indirect libre. Quel intérêt cette alternance présente-t-elle ?

La description des deux magasins

Le point de vue

11 **a.** Repérez les passages dans lesquels est décrit le magasin *Au Bonheur des Dames* puis celui dans lequel est décrit le magasin *Au Vieil Elbeuf*. Montrez, en citant le texte, que chacun des magasins est vu à travers le regard des personnages. Appuyez-vous notamment sur les verbes de perception et leur sujet, et sur l'ordre selon lequel les éléments sont décrits.

b. Quel est l'effet produit par le choix de ce point de vue ?

L'esthétique du contraste

Chez Zola, la construction romanesque est souvent fondée sur l'antithèse qui met en relief les oppositions observées dans la réalité.

12 **a.** En quoi les deux magasins s'opposent-ils ? Appuyez-vous sur les mots et expressions qui caractérisent chacun d'eux.

b. Quelle impression chacun d'eux provoque-t-il chez les personnages ? Appuyez-vous sur le texte.

La visée et les hypothèses de lecture

Identifier la visée d'un énoncé, c'est identifier l'effet qu'un énonciateur cherche à produire chez son destinataire (faire rire, faire peur, émouvoir, convaincre…).

13 Cet extrait constitue l'ouverture du roman. Relevez les indices qui suggèrent l'idée d'un début.

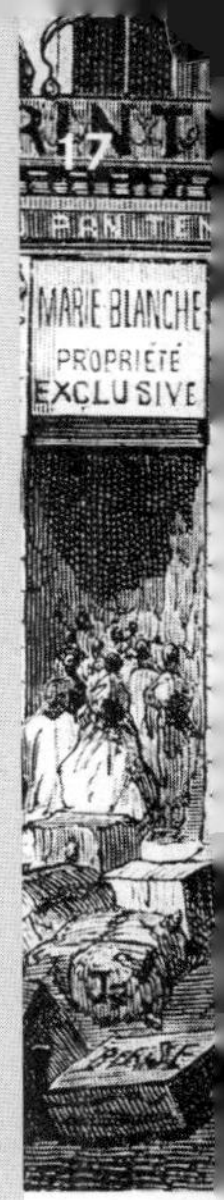

14 **a.** Quels sont les deux univers qui s'opposent à travers les deux magasins ? En quoi cette opposition porte-t-elle en germe le drame qui peut se jouer ?
b. Quelles questions le lecteur se pose-t-il à la lecture de ces premières pages ?

Écrire

Imaginer un dialogue

15 Imaginez le dialogue de Denise avec ses frères au moment où, à Valognes, ils ont pris la décision de venir à Paris.

Étudier la langue

Les paroles rapportées

16 Récrivez au style direct les lignes 140 à 150.

Se documenter

Les étalages

Voici un extrait du dossier préparatoire d'*Au bonheur des dames* (enquête sur le terrain effectuée par Zola sur les marchandises et les ventes) :

« Extraits de Catalogues
Dehors, des cases, des tables pleines d'étoffes. Des pièces en ordre, des pièces dépliées. Encombrement de marchandises.
Étalage de parapluies, de chaussures, de parfumerie. Mêlés souvent, étalage de bazar riche où il y a de tout. Parures, nœuds de rubans voyants ou manches et cols de dentelle sur une planche recouverte de velours noir.
Le mot "Occasion" parfois sur les grandes étiquettes. »

Émile Zola.

Extrait 2

« Il conta l'histoire de cet Octave Mouret. »

Baudu, sa femme et sa fille Geneviève, accueillent Denise et ses frères pour la journée. Mais comme les affaires vont mal pour le Vieil Elbeuf *à cause de la concurrence du* Bonheur des Dames, *Baudu ne peut pas engager sa nièce et l'aide à chercher un autre emploi. Au cours de cette recherche, elle apprend qu'il y a une place libre au rayon des confections du grand magasin, ce qui la séduit. De retour chez les Baudu…*

Le soir, la première table[1] était à cinq heures. Denise et les deux enfants reprirent leur place, avec Baudu, Geneviève et Colomban[2]. Un bec de gaz[3] éclairait la petite salle à manger, où s'étouffait l'odeur de la nourriture. Le repas fut silencieux. Mais, au dessert, Mme Baudu, qui ne pouvait tenir en place, quitta la boutique pour venir s'asseoir derrière sa nièce. Et, alors, le flot contenu depuis le matin creva, tous se soulagèrent, en tapant sur le monstre[4].

– C'est ton affaire, tu es bien libre, répéta d'abord Baudu. Nous ne voulons pas t'influencer… Seulement, si tu savais quelle maison !

Par phrases coupées, il conta l'histoire de cet Octave Mouret. Toutes les chances ! Un garçon tombé du Midi à Paris, avec l'audace aimable d'un aventurier ; et, dès le lendemain, des

1. Le premier service. Pour ne pas laisser la boutique vide, Baudu, Geneviève et Colomban mangent d'abord, puis la seconde table est servie pour Mme Baudu, l'autre commis et la vendeuse.

2. Voir la liste des personnages, p. 158.

3. Une lampe à gaz. Ce mode d'éclairage apparaît dès 1830.

4. Cette métaphore désigne le *Bonheur des Dames*.

histoires de femme, une continuelle exploitation de la femme, le scandale d'un flagrant délit[5], dont le quartier parlait encore; puis, la conquête brusque et inexplicable de Mme Hédouin[6], qui lui avait apporté le *Bonheur des Dames*.

– Cette pauvre Caroline! interrompit Mme Baudu. Elle était un peu ma parente. Ah! si elle avait vécu, les choses tourneraient autrement. Elle ne nous laisserait pas assassiner... Et c'est lui qui l'a tuée. Oui, dans ses constructions! Un matin, en visitant les travaux, elle est tombée dans un trou. Trois jours après, elle mourait. Elle qui n'avait jamais été malade, qui était si bien portante, si belle!... Il y a de son sang sous les pierres de la maison.

Au travers des murs, elle désignait le grand magasin de sa main pâle et tremblante. Denise, qui écoutait comme on écoute un conte de fées, eut un léger frisson. La peur qu'il y avait, depuis le matin, au fond de la tentation exercée sur elle, venait peut-être du sang de cette femme, qu'elle croyait voir maintenant dans le mortier[7] rouge du sous-sol.

– On dirait que ça lui porte bonheur, ajouta Mme Baudu, sans nommer Mouret.

Mais le drapier haussait les épaules, dédaigneux de ces fables de nourrice[8]. Il reprit son histoire, il expliqua la situation, commercialement. Le *Bonheur des Dames* avait été fondé en 1822 par les frères Deleuze. À la mort de l'aîné, sa fille, Caroline, s'était mariée avec le fils d'un fabricant de toile, Charles Hédouin; et, plus tard, étant devenue veuve, elle avait épousé ce Mouret. Elle lui apportait donc la moitié du magasin. Trois mois après le mariage, l'oncle Deleuze décédait à son tour sans enfant; si bien que, lorsque Caroline avait laissé

5. Il s'agit d'un flagrant délit d'adultère. Dans le roman *Pot-Bouille*, où Zola raconte les débuts de Mouret à Paris, celui-ci est surpris par la police dans la chambre d'une femme mariée.

6. Voir la liste des personnages, p. 158.

7. Mélange de matériaux (ciment, sable...) destiné à la construction.

8. Histoires racontées par les nourrices aux petits enfants.

ses os dans les fondations, ce Mouret était resté seul héritier, seul propriétaire du *Bonheur*. Toutes les chances !

– Un homme à idées, un brouillon[9] dangereux qui bouleversera le quartier, si on le laisse faire ! continua Baudu. Je crois que Caroline, un peu romanesque elle aussi, a dû être prise par les projets extravagants[10] du monsieur… Bref, il l'a décidée à acheter la maison de gauche, puis la maison de droite ; et lui-même, quand il a été seul, en a acheté deux autres ; de sorte que le magasin a grandi, toujours grandi, au point qu'il menace de nous manger tous, maintenant !

Il s'adressait à Denise, mais il parlait pour lui, remâchant, par un besoin fiévreux de se satisfaire, cette histoire qui le hantait. Dans la famille, il était le bilieux[11], le violent aux poings toujours serrés. Mme Baudu n'intervenait plus, immobile sur sa chaise ; Geneviève et Colomban, les yeux baissés, ramassaient et mangeaient par distraction des miettes de pain. Il faisait si chaud, si étouffé dans la petite pièce, que Pépé s'était endormi sur la table, et que les yeux de Jean lui-même se fermaient.

– Patience ! reprit Baudu, saisi d'une soudaine colère, les faiseurs[12] se casseront les reins ! Mouret traverse une crise, je le sais. Il a dû mettre tous ses bénéfices dans ses folies d'agrandissement et de réclame. En outre, pour trouver des capitaux, il s'est avisé de décider la plupart de ses employés à placer leur argent chez lui. Aussi est-il sans un sou maintenant, et si un miracle ne se produit pas, s'il n'arrive pas à tripler sa vente, comme il l'espère, vous verrez quelle débâcle[13] !… Ah ! je ne suis pas méchant, mais ce jour-là, j'illumine, parole d'honneur !

9. Qui est confus et désordonné.
10. Qui vont contre la raison.
11. Qui est de tempérament pessimiste et coléreux.
12. Personnes cherchant à en imposer aux autres, à se donner de grands airs, à se faire passer pour ce qu'elles ne sont pas.
13. Changement de situation entraînant un effondrement total.

Il poursuivit d'une voix vengeresse, on eût dit que la chute du *Bonheur des Dames* devait rétablir la dignité du commerce compromise. Avait-on jamais vu cela ? un magasin de nouveautés où l'on vendait de tout ! un bazar alors ! Aussi le personnel était gentil : un tas de godelureaux[14] qui manœuvraient comme dans une gare, qui traitaient les marchandises et les clientes comme des paquets, lâchant le patron ou lâchés par lui pour un mot, sans affection, sans mœurs, sans art ! Et il prit tout d'un coup à témoin Colomban : certes, lui, Colomban, élevé à la bonne école, savait de quelle façon lente et sûre on arrivait aux finesses, aux roueries[15] du métier. L'art n'était pas de vendre beaucoup, mais de vendre cher. Puis, il pouvait dire comment on l'avait traité, comment il était devenu de la famille soigné lorsqu'il tombait malade, blanchi[16] et raccommodé, surveillé paternellement, aimé enfin !

– Bien sûr, répétait Colomban, après chaque cri du patron.

– Tu es le dernier, mon brave, finit par déclarer Baudu attendri. Après toi, on n'en fera plus… Toi seul me consoles, car si c'est une pareille bousculade qu'on appelle à présent le commerce, je n'y entends rien, j'aime mieux m'en aller.

Geneviève, la tête penchée sur une épaule, comme si son épaisse chevelure noire eût pesé trop lourd à son front pâle, examinait le commis souriant ; et, dans son regard, il y avait un soupçon, un désir de voir si Colomban, travaillé d'un remords, ne rougirait pas, sous de tels éloges[17]. Mais, en garçon rompu[18] aux comédies du vieux négoce[19], il gardait sa carrure tranquille, son air bonasse[20], avec son pli de ruse aux lèvres.

14. Jeunes gens élégants et qui se plaisent à courtiser les femmes.
15. Procédés employés pour tromper, pour tirer un avantage.
16. Dont on lave le linge.
17. Discours prononcé ou écrit vantant les mérites, les qualités de quelqu'un ou de quelque chose, compliment.
18. Habitué.
19. Commerce.
20. Qui dénote un bon caractère, accommodant jusqu'à l'excès.

Cependant, Baudu criait plus fort, en accusant ce déballage d'en face, ces sauvages, qui se massacraient entre eux avec leur lutte pour la vie, d'en arriver à détruire la famille. Et il citait leurs voisins de campagne, les Lhomme, la mère, le père, le fils, tous les trois employés dans la baraque, des gens sans intérieur, toujours dehors, ne mangeant chez eux que le dimanche, une vie d'hôtel et de table d'hôte[21] enfin ! Certes, sa salle à manger n'était pas grande, on aurait pu même y souhaiter plus de jour et plus d'air ; mais au moins sa vie tenait là, il y avait vécu dans la tendresse des siens. En parlant, ses yeux faisaient le tour de la petite pièce ; et un tremblement le prenait, à l'idée inavouée que les sauvages pourraient un jour, s'ils achevaient de tuer sa maison, le déloger de ce trou où il avait chaud, entre sa femme et sa fille. Malgré l'assurance qu'il affectait, quand il annonçait la culbute finale, il était plein de terreur au fond, il sentait bien le quartier envahi, dévoré peu à peu.

– Ce n'est pas pour te dégoûter, reprit-il en tâchant d'être calme. Si ton intérêt est d'entrer là-dedans, je serai le premier à te dire : Entres-y.

– Je le pense bien, mon oncle, murmura Denise, étourdie, et dont le désir d'être au *Bonheur des Dames* grandissait, au milieu de toute cette passion.

Il avait posé les coudes sur la table, il la fatiguait de son regard.

– Mais, voyons, toi qui es de la partie, dis-moi s'il est raisonnable qu'un simple magasin de nouveautés se mette à vendre de n'importe quoi. Autrefois, quand le commerce était honnête, les nouveautés comprenaient les tissus, pas davantage. Aujourd'hui, elles n'ont plus que l'idée de monter sur le dos des voisins et de tout manger… Voilà ce dont le quartier se plaint, car les petites boutiques commencent à y souffrir

21. Table d'un restaurant, d'une auberge, où les clients prennent en commun un repas à prix fixe.

terriblement. Ce Mouret les ruine… Tiens ! Bédoré et sœur, la bonneterie de la rue Gaillon, a déjà perdu la moitié de sa clientèle. Chez Mlle Tatin, la lingère du passage Choiseul, on en est à baisser les prix, à lutter de bon marché. Et l'effet du fléau, de cette peste, se fait sentir jusqu'à la rue Neuve-des-Petits-Champs, où je me suis laissé dire que MM. Vanpouille frères, les fourreurs, ne pouvaient tenir le coup… Hein ? des calicots[22] qui vendent des fourrures, c'est trop drôle ! Une idée du Mouret encore !

Extrait du chapitre I.

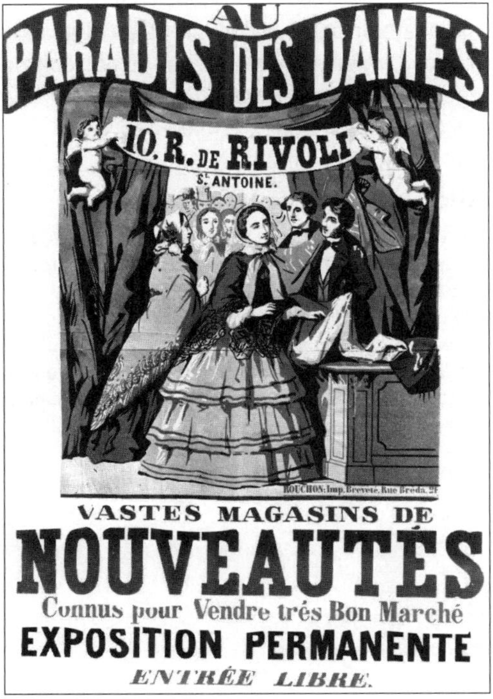

Affiche *Au Paradis des Dames*, 1856, lithographie par Jean-Alexis Rouchon (1794-1878), BNF, Paris.

22. Employés des magasins de nouveautés.

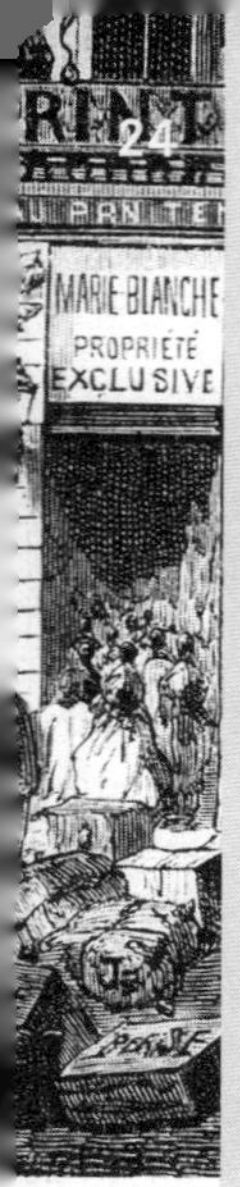

Questions

Repérer et analyser

Le cadre et les personnages

1 Où et à quel moment de la journée cette scène se déroule-t-elle ?

2 Quels sont les personnages en présence ? Dans quelles circonstances sont-ils réunis ? Quel est le comportement de chacun d'eux ?

3 Qui sont les personnages évoqués ?

Le mode de narration

Les paroles rapportées

4 Précisez, dans cet extrait, quelle est la part des passages narratifs et celle des paroles rapportées : laquelle domine ?

5 **a.** Repérez les paroles rapportées au style direct, au style indirect libre, et celles qui sont rapportées selon le mode du récit de paroles. Quel personnage prend essentiellement la parole ?

b. À qui ce personnage s'adresse-t-il ? Citez le texte.

c. Quelle est la raison de ce « flot » de paroles ?

Le rythme de la narration

On appelle rythme de la narration le rapport entre le temps de l'histoire (durée fictive des événements racontés, comptée en années, mois, jours, heures…) et le temps du récit (compté en lignes ou en pages).
Quand le narrateur introduit un dialogue, il ralentit le rythme du récit : on considère qu'il y a égalité temporelle entre le temps de l'histoire et le temps du récit (la durée du dialogue dans la fiction correspond à peu près au temps que le lecteur met à lire le texte.). Quand il passe sous silence ou résume des actions ou des paroles, il accélère le rythme (voir aussi leçon p. 69).

6 **a.** En quoi le choix du récit de paroles permet-il au narrateur d'accélérer le récit ?

b. En quoi le choix du dialogue le ralentit-il ?

Le discours de Baudu

Le personnage de Mouret

7 **a.** Dans les lignes 12 à 72, retrouvez les informations objectives données par Baudu sur l'histoire d'Octave Mouret.

b. Quel jugement Baudu porte-t-il sur Mouret ?

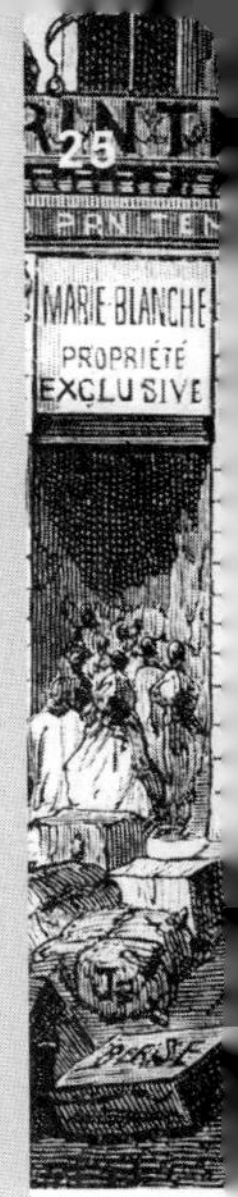

Pour répondre :
- relevez le champ lexical dépréciatif utilisé par Baudu pour parler de Mouret ;
- identifiez la forme de la phrase des lignes 13 à 18 et dites quel est l'effet produit ;
- relevez l'expression répétée deux fois (l. 13 à 18 et 35 à 45) et dites quel sentiment elle traduit.

L'argumentation

8 Qui Baudu cherche-t-il à convaincre ? De quoi ?

9 Relisez les lignes 63 à 116.

a. Quels sont les différents reproches faits par Baudu au système commercial mis en œuvre par Mouret ?

b. En quoi Baudu s'oppose-t-il à Mouret sur les questions des règles commerciales, du personnel, de la famille ?

c. Quels différents commerces évoque-t-il ? Quelle relation existe-t-il entre tous ces boutiquiers ? Montrez que chacun réagit à sa façon face à l'intrus.

d. Quelle crainte Baudu exprime-t-il (l. 110 à 116) ? Baudu est-il vraiment si sûr de l'issue de la lutte ?

10 Baudu a-t-il été convaincant ? Justifiez votre réponse.

La visée et les hypothèses de lecture

11 En quoi cet extrait complète-t-il la présentation des personnages du roman ?

12 Quels sont les éléments qui opposent le petit commerce et le grand magasin ?

13 Quelles hypothèses le lecteur formule-t-il sur l'avenir de Denise ?

Écrire

Écrire une lettre

14 Denise écrit à une amie restée à Valognes pour lui raconter son arrivée à Paris : elle raconte l'accueil qu'elle a reçu dans la famille Baudu et fait part de ses premières impressions.

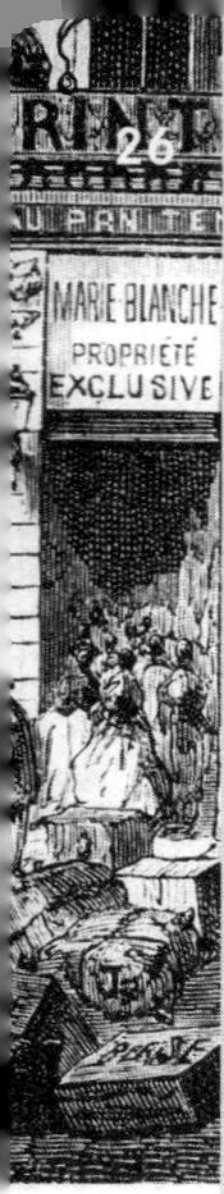

Étudier la langue

Grammaire : phrases verbales/non verbales

15 Récrivez le passage des lignes 13 à 18 en utilisant des phrases de forme verbale.

Lexique : les métiers d'hier et d'aujourd'hui

16 Voici une liste de métiers :
modiste, chapelier, calicot, barbier, fumiste, apothicaire, marchande des quatre saisons, chevrier, laitier, repasseur, rétameur, charbonnier, bougnat…

a. Cherchez dans le dictionnaire le sens des noms de métiers que vous ne connaissez pas.
b. Quels sont ceux qui ont disparu ?
c. Quels sont ceux qui aujourd'hui sont désignés autrement ?

Les suffixes des métiers

17 Le suffixe en « -erie »

a. Qu'est-ce qu'une chapellerie, une blanchisserie, une ganterie, une ferblanterie, une épicerie, une coutellerie, une brasserie, une zinguerie, une librairie, une bourrellerie, une herboristerie, une lutherie et une tonnellerie ?
b. Trouvez d'autres noms de commerce construits sur ce même suffixe.

18 Trouvez d'autres noms de métiers formés sur d'autres suffixes : -ien, -eur, -iste, -on.

Enquêter

Les rues de Paris

19 Dans ce chapitre et le précédent, différentes rues de la capitale sont évoquées : relevez leurs noms et situez-les sur un plan de Paris, en notant celles qui ont changé de nom.

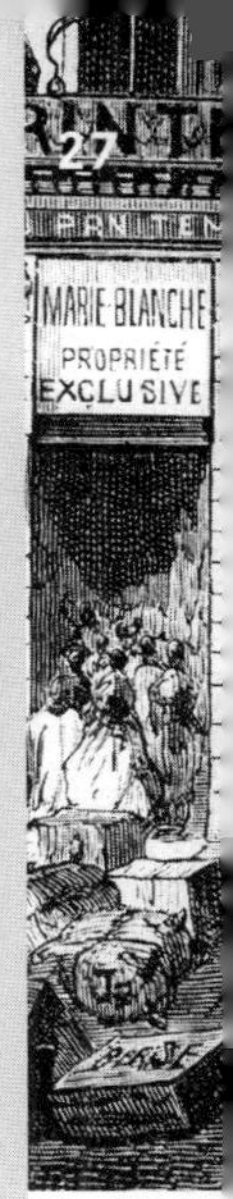

Se documenter

Évolution du commerce dans la première moitié du XIXe siècle

En France, à l'aube du XIXe siècle, le commerce est encore très marqué par le régime des corporations qui, sous l'Ancien Régime, imposait aux boutiquiers de se spécialiser dans la vente d'un seul genre de marchandise et leur interdisait certaines pratiques commerciales susceptibles d'attirer le client aux dépens d'un confrère. Mais dans les années 1830, de nouveaux magasins apparaissent à Paris et adoptent des méthodes de vente que les commerçants traditionnels jugent révolutionnaires, voire scandaleuses.

20 En relisant l'exposé de Baudu et en détaillant les accusations qu'il lance contre Mouret, analysez les deux conceptions du commerce qui s'affrontent à travers ces deux types de commerçants.

Quelques grands magasins parisiens

- *Grand Bazar*, 251 rue Saint-Honoré (1825)
- *À la Ville de Paris* (1843, date de construction), 174 rue Montmartre
- *À la Belle Jardinière*, rue du Pont-Neuf (1866-67)
- *Au Bon Marché*, 22 rue de Sèvres (1869-1872)
- *Au Bon Marché*, rue Velpeau (1872-74)
- *Les Grands Magasins du Louvre*, place du Palais-Royal (1877)
- *Le Printemps*, 2 rue du Havre (1881-83)
- *La Samaritaine*, rue de la Monnaie (1904-1905)
- *Les Galeries Lafayette*, 38-46 bd Haussmann (1906-1907)

Extrait 3

« Elle est trop laide. »

Le lendemain, Denise se présente devant le Bonheur des Dames. *Intimidée, elle hésite à entrer, puis erre entre les rayons. Elle croise Mouret à deux reprises sans savoir qui il est, puis avec l'aide d'un vendeur du rayon des soies, Hutin, finit par trouver le rayon des confections.*

En haut, la jeune fille tomba droit dans le rayon des confections[1]. C'était une vaste pièce, entourée de hautes armoires en chêne sculpté, et dont les glaces sans tain donnaient sur la rue de la Michodière. Cinq ou six femmes vêtues de robes de soie, très coquettes avec leurs chignons frisés et leurs crinolines[2] rejetées en arrière, s'y agitaient en causant. Une, grande et mince, la tête trop longue, ayant une allure de cheval échappé, s'était adossée à une armoire, comme brisée déjà de fatigue.

– Mme Aurélie[3] ? répéta Denise.

La vendeuse la regarda sans répondre, d'un air de dédain pour sa mise[4] pauvre, puis s'adressant à une de ses camarades, petite, d'une mauvaise chair blanche, avec une mine innocente et dégoûtée, elle demanda :

– Mademoiselle Vadon, savez-vous où est la première[5] ?

Celle-là, qui était en train de ranger des rotondes[6] par ordre de taille, ne prit même pas la peine de lever la tête.

– Non, mademoiselle Prunaire, je n'en sais rien, dit-elle du bout des lèvres.

1. Vêtements en prêt-à-porter.
2. Robes amples et bouffantes.
3. Voir la liste des personnages, p. 158.
4. Manière d'être habillée.
5. Chef de rayon.
6. Grandes capes.

Un silence se fit. Denise restait immobile, et personne ne s'occupait plus d'elle. Pourtant, après avoir attendu un instant, elle s'enhardit jusqu'à poser une nouvelle question.

– Croyez-vous que Mme Aurélie reviendra bientôt ?

Alors, la seconde du rayon, une femme maigre et laide qu'elle n'avait pas vue, une veuve à la mâchoire saillante et aux cheveux durs, lui cria d'une armoire où elle vérifiait des étiquettes :

– Attendez, si c'est à Mme Aurélie en personne que vous désirez parler.

Et, questionnant une autre vendeuse, elle ajouta :

– Est-ce qu'elle n'est pas à la réception ?

– Non, madame Frédéric[7], je ne crois pas, répondit celle-ci. Elle n'a rien dit, elle ne peut pas être loin.

Denise, ainsi renseignée, demeura debout. Il y avait bien quelques chaises pour les clientes ; mais, comme on ne lui disait pas de s'asseoir, elle n'osa pas en prendre une, malgré le trouble qui lui cassait les jambes. Évidemment, ces demoiselles avaient flairé la vendeuse qui venait se présenter, et elles la dévisageaient, elles la déshabillaient du coin de l'œil, sans bienveillance, avec la sourde hostilité des gens à table qui n'aiment pas se serrer pour faire place aux faims du dehors. Son embarras grandit, elle traversa la pièce à petits pas et alla regarder dans la rue, afin de se donner une contenance. Juste devant elle, le *Vieil Elbeuf*, avec sa façade rouillée et ses vitrines mortes, lui parut si laid, si malheureux, vu ainsi du luxe et de la vie où elle se trouvait, qu'une sorte de remords acheva de lui serrer le cœur.

– Dites, chuchotait la grande Prunaire à la petite Vadon, avez-vous vu ses bottines ?

– Et la robe donc ! murmurait l'autre.

7. Voir la liste des personnages, p. 158.

Les yeux toujours vers la rue, Denise se sentait mangée. Mais elle était sans colère, elle ne les avait trouvées belles ni l'une ni l'autre, pas plus la grande avec son chignon de cheveux roux tombant sur son cou de cheval, que la petite, avec son teint de lait tourné, qui amollissait sa face plate et comme sans os. Clara Prunaire, fille d'un sabotier des bois de Vivet, débauchée par les valets de chambre au château de Mareuil, quand la comtesse la prenait pour les raccommodages, était venue plus tard d'un magasin de Langres, et se vengeait à Paris sur les hommes des coups de pied dont le père Prunaire lui bleuissait les reins. Marguerite Vadon, née à Grenoble où sa famille tenait un commerce de toiles, avait dû être expédiée au *Bonheur des Dames*, pour y cacher une faute, un enfant fait par hasard ; et elle se conduisait très bien, elle devait retourner là-bas diriger la boutique de ses parents et épouser un cousin, qui l'attendait.

– Ah bien ! reprit à voix basse Clara, en voilà une qui ne pèsera pas lourd ici !

Mais elles se turent, une femme d'environ quarante-cinq ans entrait. C'était Mme Aurélie, très forte, sanglée dans sa robe de soie noire, dont le corsage, tendu sur la rondeur massive des épaules et de la gorge[8], luisait comme une armure. Elle avait, sous des bandeaux[9] sombres, de grands yeux immobiles, la bouche sévère, les joues larges et un peu tombantes ; et, dans sa majesté de première, son visage prenait l'enflure d'un masque empâté de César[10].

[...]

Quelques minutes se passèrent, personne n'avait la charité de tirer la jeune fille de sa gêne. Enfin, ce fut Mme Aurélie

8. Poitrine.
9. Coiffure qui sépare les cheveux au milieu du front, les ramenant sur les côtés du visage et couvrant ou non les oreilles.
10. Titre porté par tous les empereurs romains en l'honneur de Jules César.

elle-même qui l'aperçut et qui, s'étonnant de la voir immobile, lui demanda ce qu'elle désirait.

– Madame Aurélie, je vous prie ?

– C'est moi.

Denise avait la bouche sèche, les mains froides, reprise d'une de ses anciennes peurs d'enfant, lorsqu'elle tremblait d'être fouettée. Elle bégaya sa demande, dut la recommencer pour la rendre intelligible. Mme Aurélie la regardait de ses grands yeux fixes, sans qu'un pli de son masque d'empereur daignât s'attendrir.

– Quel âge avez-vous donc ?

– Vingt ans, madame.

– Comment vingt ans ! mais vous n'en paraissez pas seize !

De nouveau, les vendeuses levaient la tête. Denise se hâta d'ajouter :

– Oh ! je suis très forte !

Mme Aurélie haussa ses larges épaules. Puis elle déclara :

– Mon Dieu ! je veux bien vous inscrire. Nous inscrivons ce qui se présente… Mademoiselle Prunaire, donnez-moi le registre[11].

On ne le trouva pas tout de suite, il devait être entre les mains de l'inspecteur Jouve[12]. Comme la grande Clara allait le chercher, Mouret arriva, toujours suivi de Bourdoncle[13]. Ils achevaient le tour des comptoirs de l'entresol, ils avaient traversé les dentelles, les châles, les fourrures, l'ameublement, la lingerie, et ils finissaient par les confections. Mme Aurélie s'écarta, causa un moment avec eux d'une commande de paletots[14] qu'elle comptait faire chez un des gros entrepreneurs de Paris ; d'ordinaire, elle achetait directement et sous sa

11. Grand cahier destiné à noter des éléments dont on veut garder trace.
12. Voir la liste des personnages, p. 158.
13. Voir la liste des personnages, p. 158.
14. Vêtements boutonnés par-devant, à poches plaquées, généralement assez courts, que l'on porte sur les autres vêtements.

responsabilité ; mais, pour les achats importants, elle préférait consulter la direction. Ensuite, Bourdoncle lui conta la nouvelle négligence de son fils Albert, qui parut la désespérer : cet enfant la tuerait ; au moins, le père, s'il n'était pas fort, avait pour lui de la conduite. Toute cette dynastie des Lhomme, dont elle était le chef incontesté, lui donnait parfois bien du mal.

Cependant, Mouret, surpris de retrouver Denise, se pencha pour demander à Mme Aurélie ce que cette jeune fille faisait là ; et, quand la première eut répondu qu'elle se présentait comme vendeuse, Bourdoncle, avec son dédain de la femme, fut suffoqué de cette prétention.

– Allons donc ! murmura-t-il, c'est une plaisanterie ! Elle est trop laide.

– Le fait est qu'elle n'a rien de beau, dit Mouret, n'osant la défendre, bien que touché encore de son extase en bas, devant l'étalage.

Mais on apportait le registre, et Mme Aurélie revint vers Denise. Celle-ci ne faisait décidément pas une bonne impression. Elle était très propre, dans sa mince robe de laine noire ; on ne s'arrêtait pas à cette pauvreté de la mise, car on fournissait l'uniforme, la robe de soie réglementaire ; seulement, elle paraissait bien chétive et elle avait le visage triste. Sans exiger des filles belles, on les voulait agréables, pour la vente. Et, sous les regards de ces dames et de ces messieurs, qui l'étudiaient, qui la pesaient, comme une jument que des paysans marchandent à la foire, Denise achevait de perdre contenance.

– Votre nom ? demanda la première, la plume à la main, prête à écrire sur le bout d'un comptoir.

– Denise Baudu, madame.

– Votre âge ?

– Vingt ans et quatre mois.

Et elle répéta, en se hasardant à lever les yeux sur Mouret, sur ce prétendu chef de rayon qu'elle rencontrait toujours, et dont la présence la troublait :

– Je n'en ai pas l'air, mais je suis très solide.

On sourit. Bourdoncle regardait ses ongles avec impatience. La phrase d'ailleurs tomba au milieu d'un silence décourageant.

– Dans quelle maison avez-vous été, à Paris ? reprit la première.

– Mais, madame, j'arrive de Valognes.

Ce fut un nouveau désastre. D'ordinaire, le *Bonheur des Dames* exigeait de ses vendeuses un stage d'un an dans une des petites maisons de Paris. Denise alors désespéra : et, sans la pensée des enfants[15], elle serait partie pour mettre fin à cet interrogatoire inutile.

– Où étiez-vous à Valognes ?

– Chez Cornaille.

– Je le connais, bonne maison, laissa échapper Mouret.

Jamais d'habitude il n'intervenait dans cet embauchage des employés, les chefs de rayon ayant la responsabilité de leur personnel. Mais, avec son sens délicat de la femme, il sentait chez cette jeune fille un charme caché, une force de grâce et de tendresse, ignorée d'elle-même. La bonne renommée de la maison de début était d'un grand poids ; souvent, elle décidait de l'acceptation. Mme Aurélie continua d'une voix plus douce :

– Et pourquoi êtes-vous sortie de chez Cornaille ?

– Des raisons de famille, répondit Denise en rougissant. Nous avons perdu nos parents, j'ai dû suivre mes frères... D'ailleurs, voici un certificat.

Il était excellent. Elle recommençait à espérer, quand une dernière question la gêna.

15. C'est ainsi que Denise désigne ses frères.

– Avez-vous d'autres références à Paris ?… Où demeurez-vous ?

– Chez mon oncle, murmura-t-elle, hésitant à le nommer, craignant qu'on ne voulût jamais de la nièce d'un concurrent. Chez mon oncle Baudu, là, en face.

Du coup, Mouret intervint une seconde fois.

– Comment, vous êtes la nièce de Baudu !… Est-ce que c'est Baudu qui vous envoie ?

– Oh ! non, monsieur !

Et elle ne put s'empêcher de rire, tant l'idée lui parut singulière. Ce fut une transfiguration[16]. Elle restait rose, et le sourire, sur sa bouche un peu grande, était comme un épanouissement du visage entier. Ses yeux gris prirent une flamme tendre, ses joues se creusèrent d'adorables fossettes, ses pâles cheveux eux-mêmes semblèrent voler, dans la gaieté bonne et courageuse de tout son être.

– Mais elle est jolie ! dit tout bas Mouret à Bourdoncle.

L'intéressé refusa d'en convenir, d'un geste d'ennui. Clara avait pincé les lèvres, tandis que Marguerite tournait le dos. Seule, Mme Aurélie approuva Mouret de la tête, quand il reprit :

– Votre oncle a eu tort de ne pas vous amener, sa recommandation suffisait… On prétend qu'il nous en veut. Nous sommes d'esprit plus large, et s'il ne peut occuper sa nièce dans sa maison, eh bien ! nous lui montrerons que sa nièce n'a eu qu'à frapper chez nous pour être accueillie… Répétez-lui que je l'aime toujours beaucoup, qu'il doit s'en prendre, non pas à moi, mais aux nouvelles conditions du commerce. Et dites-lui qu'il achèvera de se couler, s'il s'entête dans un tas de vieilleries ridicules.

16. Transformation, métamorphose qui donne une apparence nouvelle.

Denise redevint toute blanche. C'était Mouret. Personne n'avait dit son nom, mais il se désignait lui-même, et elle le devinait maintenant, elle comprenait pourquoi ce jeune homme lui avait causé une telle émotion, dans la rue, au rayon des soieries, à présent encore. Cette émotion, où elle ne pouvait lire, pesait de plus en plus sur son cœur, comme un poids trop lourd. Toutes les histoires contées par son oncle, revenaient à sa mémoire, grandissant Mouret, l'entourant d'une légende, faisant de lui le maître de la terrible machine, qui depuis le matin la tenait dans les dents de fer de ses engrenages. Et, derrière sa jolie tête, à la barbe soignée, aux yeux couleur de vieil or, elle voyait la femme morte, cette Mme Hédouin, dont le sang avait scellé les pierres de la maison[17]. Alors, elle fut reprise du froid de la veille, elle crut qu'elle avait simplement peur de lui.

Mme Aurélie, cependant, fermait le registre. Il lui fallait une seule vendeuse, et il y avait déjà dix demandes inscrites. Mais elle était trop désireuse d'être agréable au patron pour hésiter. La demande toutefois suivrait son cours, l'inspecteur Jouve irait aux renseignements, ferait son rapport, et la première prendrait une décision.

– C'est bien, mademoiselle, dit-elle majestueusement, pour réserver son autorité. On vous écrira.

Extraits du chapitre II.

17. Comme si le sang de Mme Hédouin avait cimenté les fondations du magasin (voir l'extrait 2, p. 18).

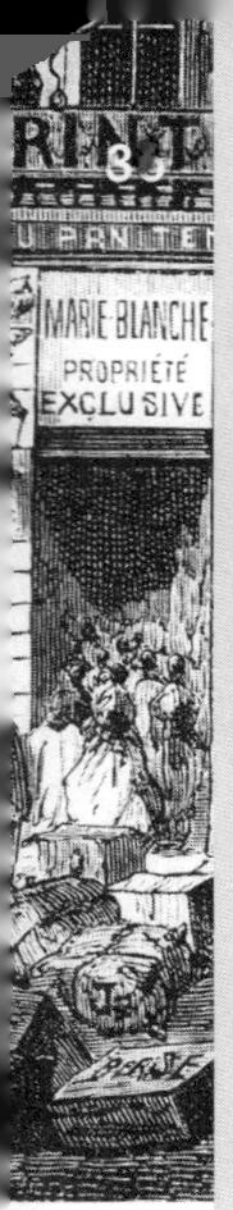

Questions

Repérer et analyser

Le cadre et les circonstances

1 Dans quel lieu la scène se déroule-t-elle ? Relevez les notations descriptives qui caractérisent ce lieu.

2 Rappelez ce que vient faire Denise au *Bonheur des Dames*. Qu'espère-t-elle ?

Les personnages

Le personnel du magasin

3 La comparaison et la métaphore

– La comparaison met en relation deux éléments, le comparé (élément que l'on compare) et le comparant (élément auquel on compare) à l'aide d'un outil de comparaison (comme, ressembler à…). Exemple : la neige (comparé) ressemble à des papillons blancs (comparant) ; élément commun : couleur, mouvement.
– La métaphore met, elle aussi, en relation deux éléments, mais sans outil de comparaison. Exemple : des flocons d'écume.

Quelle image est donnée d'Aurélie Lhomme ?

a. Appuyez-vous sur un relevé précis des termes qui la caractérisent et sur les comparaisons et les métaphores qui se réfèrent à elle.

b. Montrez, en vous appuyant sur le texte, qu'à deux reprises elle ne veut pas prendre seule de décision professionnelle.

c. Dites quelle a été son histoire avant d'entrer au *Bonheur des Dames*.

d. Dites quelles relations elle entretient avec les autres employées ? Et avec son supérieur Mouret ?

4 **a.** Quelles sont les autres employées ? Indiquez leur identité, leur fonction, leurs caractéristiques physiques, leur origine.

b. Montrez, en vous appuyant sur des exemples précis, que pour décrire Clara Prunaire et Marguerite Vadon, le narrateur alterne le point de vue d'un personnage (lequel ?) et le point de vue omniscient.

Le personnage de Denise

5 Quel regard les vendeuses portent-elles sur Denise ?

6 Quel est son état d'esprit :
- lorsqu'elle attend Mme Aurélie (l. 41 à 47) ?
- face aux moqueries des vendeuses (l. 51 à 56) ?

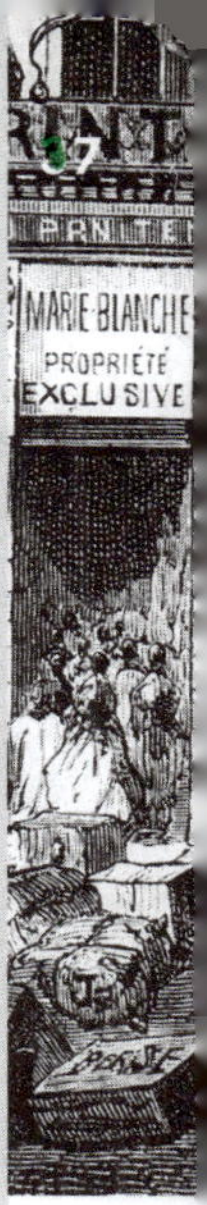

– face à madame Aurélie (l. 84 à 87) ? Appuyez-vous sur des termes précis.

7 Quels différents points de vue le narrateur adopte-t-il pour communiquer au lecteur les sentiments de Denise ?

Les principes naturalistes

Zola, en tant que romancier naturaliste (voir introduction, p. 4), assigne au roman une fonction documentaire. Il présente un tableau réaliste de la vie des vendeuses après avoir mené une enquête précise sur leurs conditions de travail auprès des magasins du *Louvre*, du *Bon Marché* et de la *Place Clichy*.

8 **a.** À travers cet extrait, retrouvez les tâches d'une première vendeuse d'un rayon de grand magasin.
b. Quelles doivent être les qualités d'une vendeuse ?

9 Quelles informations sont fournies sur la procédure d'embauche ? Pour répondre, dites :
- à quoi sert le registre utilisé par Mme Aurélie ;
- quelle est la formation demandée aux vendeuses ;
- quel est le rôle de l'inspecteur (ici, Jouve) dans la procédure ;
- qui prend la décision de l'embauche d'une vendeuse.

10 Lisez le « Se documenter » (p. 38-39) et dites en quoi Zola a restitué la réalité dans son roman.

11 Quelles misères les vendeuses cachent-elles sous leur uniforme ?

Le parcours de Denise et de Mouret

Denise

12 Denise rencontre Mouret pour la troisième fois depuis le matin.
a. Sait-elle à qui elle a affaire ? Quelle fonction lui attribue-t-elle ?
b. À quel moment comprend-elle que cet homme est Mouret ?
c. Quelles sont alors ses réactions ?
d. « Elle crut qu'elle avait simplement peur de lui » (l. 216-217) : quel terme indique que l'analyse de l'état intérieur de Denise est faite du point de vue du narrateur ?
e. « Et, derrière sa jolie tête, à la barbe soignée, aux yeux couleur de vieil or » (l. 213-214) : selon quel point de vue ce portrait de Mouret est-il fait ? S'agit-il d'une image flatteuse ?

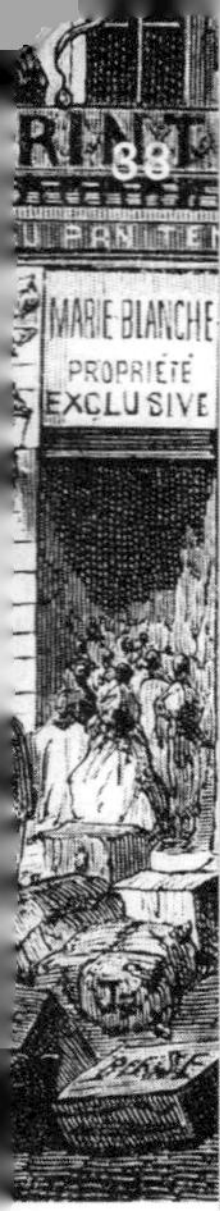

Mouret

13 Le narrateur retrace avec précision les impressions de Mouret face à Denise.

a. Quelle réaction a-t-il face au jugement catégorique de son adjoint Bourdoncle (l. 121-122) ?

b. À quel moment et pourquoi exprime-t-il une opinion positive ?

La visée et les hypothèses de lecture

14 **a.** À la fin de l'extrait, quelles hypothèses le lecteur peut-il faire sur la suite du récit et notamment sur l'évolution des sentiments de Denise et de Mouret ?

b. L'extrait n'a-t-il qu'un intérêt narratif ? Quelle en est l'autre visée ?

Écrire

Écrire une lettre de candidature

15 Vous désirez travailler pendant vos vacances et vous écrivez à un grand magasin pour obtenir un emploi de vendeur(-euse) temporaire. Faites part de vos motivations et rassemblez différents arguments en votre faveur.

Se documenter

Les conditions d'embauche dans un grand magasin au XIXe siècle

Voici un extrait du dossier préparatoire d'*Au bonheur des dames* (notes prises par Zola sur les conditions d'embauche). Zola a interrogé le chef de rayon du *Bon Marché* :

« Un vendeur (ou une vendeuse) vient se présenter au premier. Celui-ci regarde son physique, sa tenue, s'il est propre ou agréable. Il faut des références. Il demande la maison du début et la cause du départ. Or, il existe à chaque comptoir, un livre de renseignements, où l'on inscrit le nom, l'âge, le lieu de naissance, la cause de départ, le domicile. Puis on dit : “Je vous écrirai”, ou bien : “Repassez”. Ensuite, toutes ces notes sont inscrites sur le livre de

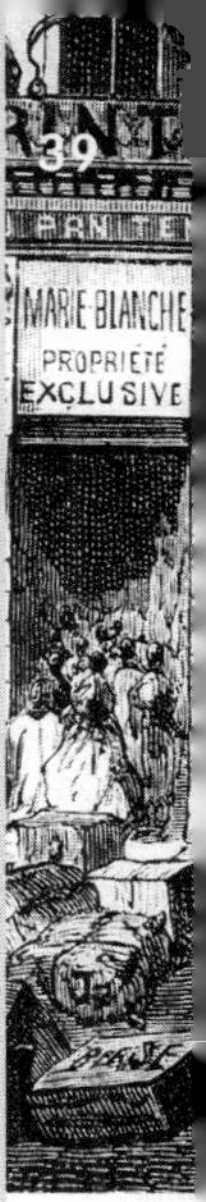

renseignements généraux. Souvent, sur dix demandes, il y a une seule place à donner. Alors, au choix, c'est souvent l'âge, ou le physique, ou la maison de début qui ne plaît pas. L'affaire passe ensuite à un inspecteur qui est chargé des renseignements. Il va faire son enquête, rapporte les renseignements, les inscrit. Enfin, le premier consulte tout cela, et se décide. Au *Bon Marché*, on ne prend pas un vendeur s'il n'a pas fait un an à Paris. Pourtant, les protections peuvent décider d'une exception, surtout pour les femmes qui viennent de la province. »

Émile Zola.

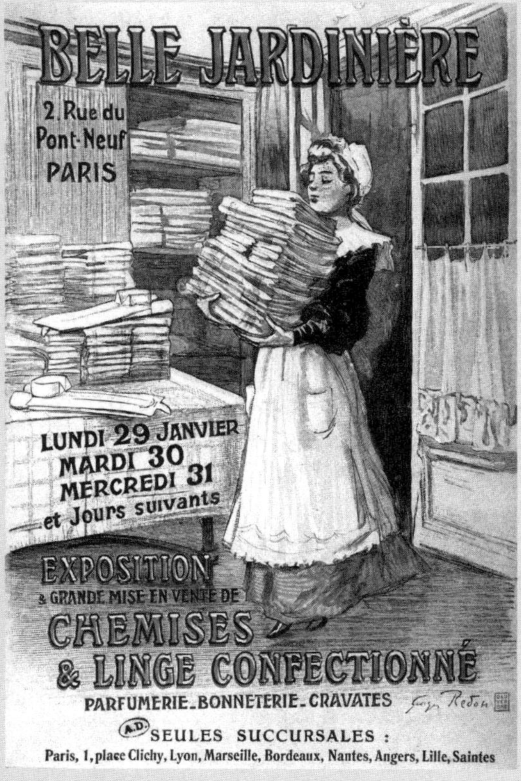

Affiche pour
La Belle Jardinière.

Extrait 4

« – J'ai la femme, je me fiche du reste ! »

Comme tous les samedis, ce samedi 8 octobre, Henriette Desforges, la maîtresse d'Octave Mouret, une riche veuve d'un agent de la Bourse, reçoit ses amis à l'heure du thé. Elle a promis à Mouret de lui faire rencontrer le baron Hartmann, directeur du Crédit Immobilier. Elle les présente donc l'un à l'autre…

Et tous deux rentrèrent dans le salon.

Lorsque Mouret eut repris sa place sur le canapé, près du baron Hartmann, il se répandit en nouveaux éloges à propos des opérations du Crédit Immobilier[1]. Puis, il attaqua le sujet qui lui tenait au cœur, il parla de la nouvelle voie, du prolongement de la rue Réaumur, dont on allait ouvrir une section, sous le nom de rue du Dix-Décembre, entre la place de la Bourse et la place de l'Opéra[2]. L'utilité publique[3] était déclarée depuis dix-huit mois, le jury d'expropriation[4] venait d'être nommé, tout le quartier se passionnait pour cette trouée énorme, s'inquiétant de l'époque des travaux, s'intéressant aux maisons condamnées. Il y avait près de trois ans que Mouret attendait ces travaux, d'abord dans la prévision d'un mouvement plus actif des affaires, ensuite avec des ambitions d'agrandissement, qu'il n'osait avouer tout haut, tant son rêve

1. Banque dirigée par le baron Hartmann.
2. Voir le plan, p. 13.
3. Une déclaration officielle de l'autorité publique reconnaît que les travaux prévus vont être utiles soit au public, soit à un service public.
4. Jury spécial, de 1841 à 1936, composé de propriétaires et chargé de fixer le montant de l'indemnité versée au propriétaire touché par l'expropriation, en cas de désaccord de celui-ci avec l'offre de l'administration.

s'élargissait. Comme la rue du Dix-Décembre devait couper la rue de Choiseul et la rue de la Michodière, il voyait le *Bonheur des Dames* envahir tout le pâté entouré par ces rues et la rue Neuve-Saint-Augustin, il l'imaginait déjà avec une façade de palais sur la voie nouvelle, dominateur, maître de la ville conquise. Et de là était né son vif désir de connaître le baron Hartmann, lorsqu'il avait appris que le Crédit Immobilier, par un traité passé avec l'administration, prenait l'engagement de percer et d'établir la rue du Dix-Décembre, à la condition qu'on lui abandonnerait la propriété des terrains en bordure.

– Vraiment, répétait-il en tâchant de montrer un air naïf, vous leur livrerez la rue toute faite, avec les égouts, les trottoirs, les becs de gaz ? Et les terrains en bordure suffiront pour vous indemniser ? Oh ! c'est curieux, très curieux !

Enfin, il arriva au point délicat. Il avait su que le Crédit Immobilier faisait, secrètement, acheter les maisons du pâté où se trouvait le *Bonheur des Dames*, non seulement celles qui devaient tomber sous la pioche des démolisseurs, mais encore les autres, celles qui allaient rester debout. Et il flairait là le projet de quelque établissement futur, il était très inquiet pour les agrandissements dont il élargissait le rêve, pris de peur à l'idée de se heurter un jour contre une Société puissante, propriétaire d'immeubles qu'elle ne lâcherait certainement pas. C'était même cette peur qui l'avait décidé à mettre au plus tôt un lien entre le baron et lui, le lien aimable d'une femme, si étroit entre les hommes de nature galante[5]. Sans doute, il aurait pu voir le financier dans son cabinet, pour causer à l'aise de la grosse affaire qu'il voulait lui proposer. Mais il se sentait plus fort chez Henriette, il savait combien la possession commune d'une maîtresse rapproche

5. Hommes qui aiment les femmes.

et attendrit. Être tous les deux chez elle, dans son parfum aimé, l'avoir là prête à les convaincre d'un sourire, lui semblait une certitude de succès.

– N'avez-vous pas acheté l'ancien hôtel Duvillard, cette vieille bâtisse qui me touche ? finit-il par demander brusquement.

Le baron Hartmann eut une courte hésitation, puis il nia. Mais, le regardant en face, Mouret se mit à rire ; et il joua dès lors le rôle d'un bon jeune homme, le cœur sur la main[6], rond en affaires[7].

– Tenez ! monsieur le baron, puisque j'ai l'honneur inespéré de vous rencontrer, il faut que je me confesse… Oh ! je ne vous demande pas vos secrets. Seulement, je vais vous confier les miens, persuadé que je ne saurais les placer en des mains plus sages… D'ailleurs, j'ai besoin de vos conseils, il y a longtemps que je n'osais vous aller voir.

Il se confessa en effet, il raconta ses débuts, il ne cacha même pas la crise financière qu'il traversait, au milieu de son triomphe. Tout défila, les agrandissements successifs, les gains[8] remis continuellement dans l'affaire, les sommes apportées par ses employés, la maison risquant son existence à chaque mise en vente nouvelle, où le capital[9] entier était joué comme sur un coup de cartes. Pourtant, ce n'était pas de l'argent qu'il demandait, car il avait en sa clientèle une foi de fanatique. Son ambition devenait plus haute, il proposait au baron une association, dans laquelle le Crédit Immobilier apporterait le palais colossal qu'il voyait en rêve, tandis que lui, pour sa part, donnerait son génie et le fonds de commerce déjà créé. On estimerait les apports, rien ne lui paraissait d'une réalisation plus facile.

6. D'une grande générosité.
7. Qui agit avec franchise et simplicité, sans détours.
8. Bénéfices.
9. Somme d'argent que l'on fait valoir dans une entreprise.

– Qu'allez-vous faire de vos terrains et de vos immeubles ? demandait-il avec insistance. Vous avez une idée, sans doute. Mais je suis bien certain que votre idée ne vaut pas la mienne. Songez à cela. Nous bâtissons sur les terrains une galerie de vente, nous démolissons ou nous aménageons les immeubles, et nous ouvrons les magasins les plus vastes de Paris, un bazar qui fera des millions.

Et il laissa échapper ce cri du cœur :

– Ah ! si je pouvais me passer de vous !... Mais vous tenez tout, maintenant. Et puis, je n'aurais jamais les avances nécessaires... Voyons, il faut nous entendre, ce serait un meurtre.

– Comme vous y allez, chez monsieur ! se contenta de répondre le baron Hartmann. Quelle imagination !

Il hochait la tête, il continuait de sourire, décidé à ne pas rendre confidence pour confidence. Le projet du Crédit Immobilier était de créer, sur la rue du Dix-Décembre, une concurrence au Grand-Hôtel, un établissement luxueux, dont la situation centrale attirerait les étrangers. D'ailleurs, comme l'hôtel devait occuper seulement les terrains en bordure, le baron aurait pu quand même accueillir l'idée de Mouret, traiter pour le reste du pâté de maisons, d'une superficie très vaste encore. Mais il avait déjà commandité deux amis d'Henriette, il se lassait un peu de son faste[10] de protecteur complaisant. Puis, malgré sa passion de l'activité, qui lui faisait ouvrir sa bourse à tous les garçons d'intelligence et de courage, le coup de génie commercial de Mouret l'étonnait plus qu'il ne le séduisait. N'était-ce pas une opération fantaisiste et imprudente, ce magasin gigantesque ? Ne risquait-on pas une catastrophe certaine, à vouloir élargir ainsi hors de toute mesure le commerce des nouveautés ? Enfin, il ne croyait pas, il refusait.

10. Déploiement de richesse.

– Sans doute, l'idée peut séduire, disait-il. Seulement, elle est d'un poète… Où prendriez-vous la clientèle pour emplir une pareille cathédrale ?

Mouret le regarda un moment en silence, comme stupéfait de son refus. Était-ce possible ? Un homme d'un tel flair, qui sentait l'argent à toutes les profondeurs ! Et, tout d'un coup, il eut un geste de grande éloquence, il montra ces dames dans le salon, en criant :

– La clientèle, mais la voilà !

Le soleil pâlissait, la poussière d'or rouge n'était plus qu'une lueur blonde, dont l'adieu se mourait dans la soie des tentures et les panneaux des meubles. À cette approche du crépuscule, une intimité noyait la grande pièce d'une tiède douceur. Tandis que M. de Boves et Paul de Vallagnosc[11] causaient devant une des fenêtres, les yeux perdus au loin sur le jardin, ces dames s'étaient rapprochées, faisaient là, au milieu, un étroit cercle de jupes, d'où montaient des rires, des paroles chuchotées, des questions et des réponses ardentes, toute la passion de la femme pour la dépense et le chiffon. Elles causaient toilette, Mme de Boves[12] racontait une robe de bal.

– D'abord, un transparent[13] de soie mauve, et puis, là-dessus, des volants de vieil alençon[14], haut de trente centimètres…

– Oh ! s'il est permis ! interrompait Mme Marty[15]. Il y a des femmes heureuses !

Le baron Hartmann, qui avait suivi le geste de Mouret, regardait ces dames, par la porte restée grande ouverte. Et il les écoutait d'une oreille, pendant que le jeune homme, enflammé du désir de le convaincre, se livrait davantage, lui expliquait le mécanisme du nouveau commerce des nouveautés. Ce

11. Voir la liste des personnages, p. 158.
12. Voir la liste des personnages, p. 158.
13. Vêtement destiné à être vu par transparence sous un voile de gaze ou sous une dentelle.
14. *Volant:* bande de tissu froncé cousu en garniture ; *dentelle d'Alençon*, fabriquée à l'aiguille avec des fils de lin, d'une extrême finesse et au riche dessin.
15. Voir la liste des personnages, p. 158.

commerce était basé maintenant sur le renouvellement continu et rapide du capital, qu'il s'agissait de faire passer en marchandises le plus de fois possible, dans la même année. Ainsi, cette année-là, son capital, qui était seulement de cinq cent mille francs, venait de passer quatre fois et avait ainsi produit deux millions d'affaires. Une misère, d'ailleurs, qu'on décuplerait, car il se disait certain de faire plus tard reparaître le capital quinze et vingt fois, dans certains comptoirs.

– Vous entendez, monsieur le baron, toute la mécanique est là. C'est bien simple, mais il fallait le trouver. Nous n'avons pas besoin d'un gros roulement de fonds[16]. Notre effort unique est de nous débarrasser très vite de la marchandise achetée, pour la remplacer par d'autre, ce qui fait rendre au capital autant de fois son intérêt. De cette manière, nous pouvons nous contenter d'un petit bénéfice ; comme nos frais généraux[17] s'élèvent au chiffre énorme de seize pour cent, et que nous ne prélevons guère sur les objets que vingt pour cent de gain, c'est donc un bénéfice de quatre pour cent au plus ; seulement, cela finira par faire des millions, lorsqu'on opérera sur des quantités de marchandises considérables et sans cesse renouvelées… Vous suivez, n'est-ce pas ? Rien de plus clair.

Le baron hocha de nouveau la tête. Lui, qui avait accueilli les combinaisons les plus hardies, et dont on citait encore les témérités, lors des premiers essais de l'éclairage au gaz, restait inquiet et têtu.

– J'entends bien, répondit-il. Vous vendez bon marché pour vendre beaucoup, et vous vendez beaucoup pour vendre bon marché… Seulement, il faut vendre, et j'en reviens à ma question : à qui vendrez-vous ? comment espérez-vous entretenir une vente aussi colossale ?

16. Circulation des sommes d'argent mises en jeu.

17. Dépenses occasionnées par le fonctionnement d'une entreprise.

Un éclat brusque de voix, venu du salon, coupa les explications de Mouret. C'était Mme Guibal[18] qui aurait préféré les volants de vieil alençon en tablier seulement.

– Mais, ma chère, disait Mme de Boves, le tablier en était couvert aussi. Jamais je n'ai rien vu de plus riche.

– Tiens ! vous me donnez une idée, reprenait Mme Desforges. J'ai déjà quelques mètres d'alençon… Il faut que j'en cherche pour une garniture.

Et les voix tombèrent, ne furent plus qu'un murmure. Des chiffres sonnaient, tout un marchandage fouettait les désirs, ces dames achetaient des dentelles à pleines mains.

– Eh ! dit enfin Mouret, quand il put parler, on vend ce qu'on veut, lorsqu'on sait vendre ! Notre triomphe est là.

Alors, avec sa verve[19] provençale, en phrases chaudes qui évoquaient les images, il montra le nouveau commerce à l'œuvre. Ce fut d'abord la puissance décuplée de l'entassement, toutes les marchandises accumulées sur un point, se soutenant et se poussant ; jamais de chômage, toujours l'article de la saison était là ; et, de comptoir en comptoir, la cliente se trouvait prise, achetait ici l'étoffe, plus loin le fil, ailleurs le manteau, s'habillait, puis tombait dans des rencontres imprévues, cédait au besoin de l'inutile et du joli. Ensuite, il célébra la marque en chiffres connus[20]. La grande révolution des nouveautés partait de cette trouvaille. Si l'ancien commerce, le petit commerce agonisait, c'était qu'il ne pouvait soutenir la lutte des bas prix, engagée par la marque. Maintenant, la concurrence avait lieu sous les yeux mêmes du public, une promenade aux étalages établissait les prix, chaque magasin baissait, se contentait du plus

18. Voir la liste des personnages, p. 158.
19. Qualité d'une personne qui s'exprime brillamment et facilement oralement ou par écrit.
20. Prix étiquetés sur les marchandises.

léger bénéfice possible : aucune tricherie, pas de coup de fortune longtemps médité sur un tissu vendu le double de sa valeur, mais des opérations courantes, un tant pour cent régulier prélevé sur tous les articles, la fortune mise dans le bon fonctionnement d'une vente, d'autant plus large qu'elle se faisait au grand jour. N'était-ce pas une création étonnante ? Elle bouleversait le marché, elle transformait Paris, car elle était faite de la chair et du sang de la femme.

– J'ai la femme, je me fiche du reste ! dit-il dans un aveu brutal, que la passion lui arracha.

À ce cri, le baron Hartmann parut ébranlé. Son sourire perdait sa pointe ironique, il regardait le jeune homme, gagné peu à peu par sa foi, pris pour lui d'un commencement de tendresse.

– Chut ! murmura-t-il paternellement, elles vont vous entendre.

Extrait du chapitre III.

Le baron accepte finalement de soutenir Mouret à condition que la grande vente des nouveautés d'hiver prévue pour le lundi soit un succès.

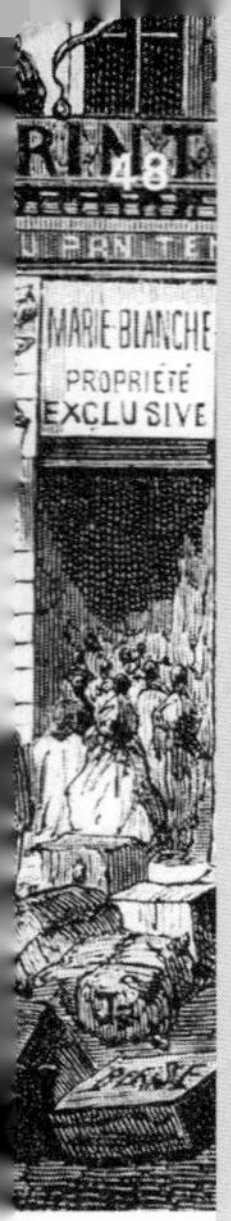

Questions

Repérer et analyser

Le cadre, les personnages et le point de vue

1 Dans quel lieu la scène se déroule-t-elle ? À quel moment de la journée ? Appuyez-vous sur les notations d'éclairage (l. 117 à 120).

2 Qui sont les interlocuteurs en présence ?

3 **a.** Montrez, en citant quelques exemples, que le point de vue dominant est le point de vue omniscient. Quel type d'informations le narrateur livre-t-il au lecteur ?

b. « Était-ce possible ? Un homme d'un tel flair, qui sentait l'argent à toutes les profondeurs ! » (l. 112-113). Quel est le point de vue utilisé ? Quel est l'intérêt de ce choix ?

Les paroles rapportées

4 Selon quel mode dominant le narrateur rapporte-t-il les paroles de Mouret (style direct, indirect, indirect libre, récit de paroles) ? Donnez des exemples pour justifier votre réponse. Quel est l'intérêt du choix effectué ?

Le dialogue argumentatif

Les arguments de Mouret

5 Quelles sont les craintes de Mouret concernant le réaménagement du quartier ? Que veut-il obtenir du baron Hartmann ?

6 Quelle stratégie met-il en place ?

Pour répondre :

- dites quels rôles successifs il joue face au baron ;
- relevez les formules par lesquelles il l'interpelle au cours de son argumentation pour relancer son attention ;
- reformulez les explications qu'il donne sur les mécanismes financiers du nouveau commerce (l. 132 à 158) : quel est le champ lexical dominant ?
- reformulez les principaux arguments qu'il utilise, notamment lignes 181 à 207 ; vous relèverez le champ lexical du commerce, les termes qui évoquent l'abondance, les accumulations verbales ;

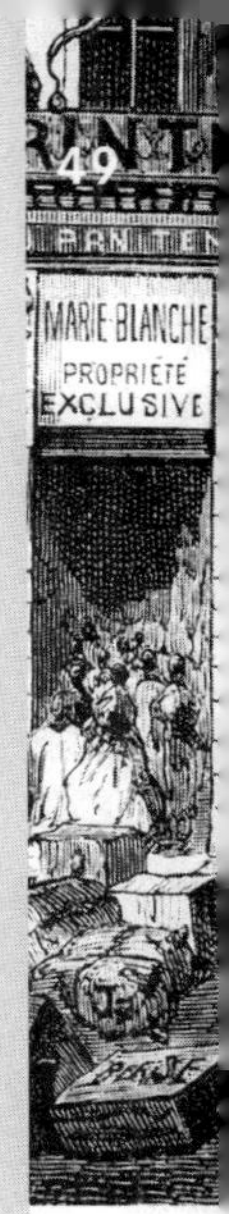

– relevez des exemples de procédés grammaticaux qu'il met en œuvre pour convaincre et qui traduisent son assurance : tournures interrogatives, tournures exclamatives, phrases non verbales, emploi de l'indicatif futur…

La position de Hartmann

7 **a.** Analysez dans l'ensemble de l'extrait les réactions du baron aux propos de Mouret. Appuyez-vous sur les expressions qui évoquent son attitude et notamment sur les phrases du baron rapportées au style direct (repérez les types de phrases).
b. Sa position à l'égard de Mouret évolue-t-elle à la fin de l'extrait ? Justifiez votre réponse.

La présence et le rôle des femmes

8 Relevez les passages où interviennent les femmes. Qui sont-elles ? Que font-elles ?
9 À quels moments du dialogue ces passages sont-ils insérés ? En quoi constituent-ils un appui à l'argumentation de Mouret ?

Le personnage de Mouret : le parcours professionnel

10 **a.** En quoi les projets de Mouret sont-ils ambitieux ? En quoi peut-on dire qu'il a le génie du commerce et une profonde connaissance de la psychologie féminine ?
b. Montrez qu'il se montre à la fois choquant et fascinant. Appuyez-vous sur des expressions précises.

Les principes naturalistes

Les mécanismes financiers

11 Quels sont les projets du Crédit Immobilier ? Cette transformation de Paris a-t-elle eu lieu dans la réalité ? Justifiez votre réponse en vous appuyant sur la rubrique « Se documenter » (p. 50).

La visée et les hypothèses de lecture

12 Selon vous, l'argumentation de Mouret a-t-elle été efficace ? Le baron a-t-il été convaincu ? À quelle suite le lecteur peut-il s'attendre ?

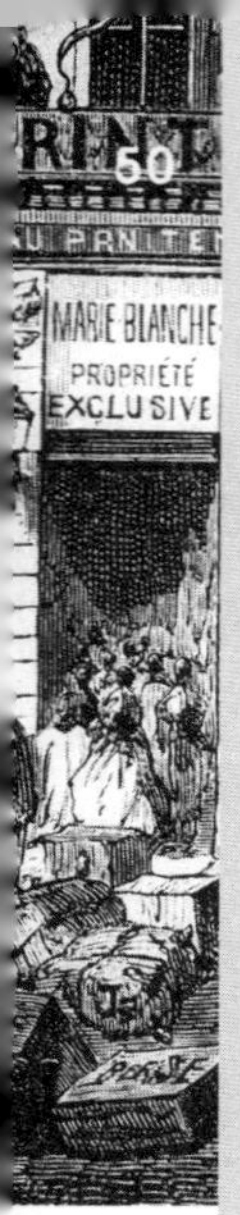

Écrire

Écrire un dialogue argumentatif

13 Vous voulez choisir un métier qui ne plaît pas à vos parents. Vous essayez de les convaincre au cours d'une discussion. Citez des exemples montrant la réussite de personnes engagées dans cette voie.

Se documenter

L'essor des grands magasins sous le Second Empire

Lorsque Napoléon III et le baron Haussmann, préfet de la Seine, envisagent à partir de 1853 de reconstruire Paris, leur premier souci est d'améliorer la circulation en remplaçant les rues anciennes, étroites et tortueuses, par de larges avenues et de grandes places d'où les rues partiront en étoile. Ce projet, qui implique la démolition de pâtés entiers de maisons, vaudra au baron Haussmann le surnom d'« éventreur de Paris » : mais il permettra de voir apparaître, le long des nouvelles artères, de splendides immeubles et des magasins à larges vitrines de dimensions inhabituelles.

Dans le Paris de ces années-là, la population est passée de 1 300 000 à 1 800 000 habitants et la création d'une Compagnie Générale d'omnibus permet bientôt de transporter 70 millions de passagers par an. Toutes les conditions sont réunies pour que la clientèle puisse se précipiter dans les grands magasins qui naissent les uns après les autres dans le Paris du Second Empire, alors la plus belle capitale de l'Europe. Le plus fameux est certainement le *Bon Marché*. Son propriétaire, Aristide Boucicaut, réalise un rêve identique à celui de Mouret : de son modeste établissement situé à l'angle de la rue de Sèvres et de la rue du Bac, il va faire peu à peu un magnifique palais de la femme qui occupera tout l'îlot de maisons délimité par les rues du Bac, de Sèvres, de Babylone et Velpeau.

14 Retrouvez dans des ouvrages illustrés et des encyclopédies, des gravures représentant les grands magasins de l'époque. Comparez l'architecture, la décoration souvent luxueuse de ces établissements avec celles de nos magasins actuels.

Extrait 5

« – Puis, il faudrait être peignée... »

Lundi 10 octobre 1864, c'est la première « grande mise en vente des nouveautés d'hiver » et la première journée de Denise au rayon des confections.

– Je désirerais un manteau, dit Mme Marty.

Alors, Denise la questionna. Quel genre de manteau ? Mais la cliente n'en savait rien, elle n'avait pas d'idée, elle voulait voir les modèles de la maison. Et la jeune fille, très lasse déjà, étourdie par le monde, perdit la tête ; elle n'avait jamais servi qu'une clientèle rare, chez Cornaille, à Valognes ; elle ignorait encore le nombre des modèles, et leur place, dans les armoires. Aussi n'en finissait-elle plus de répondre aux deux amies qui s'impatientaient, lorsque Mme Aurélie aperçut Mme Desforges, dont elle devait connaître la liaison, car elle se hâta de venir demander :

– On s'occupe de ces dames ?

– Oui, cette demoiselle qui cherche là-bas, répondit Henriette. Mais elle n'a pas l'air très au courant, elle ne trouve rien.

Du coup, la première acheva de paralyser Denise, en allant lui dire à demi-voix :

– Vous voyez bien que vous ne savez pas. Tenez-vous tranquille, je vous prie.

Et appelant :

– Mademoiselle Vadon, un manteau !

Elle resta, pendant que Marguerite montrait les modèles. Celle-ci prenait avec les clientes une voix sèchement polie, une attitude désagréable de fille vêtue de soie, frottée à toutes

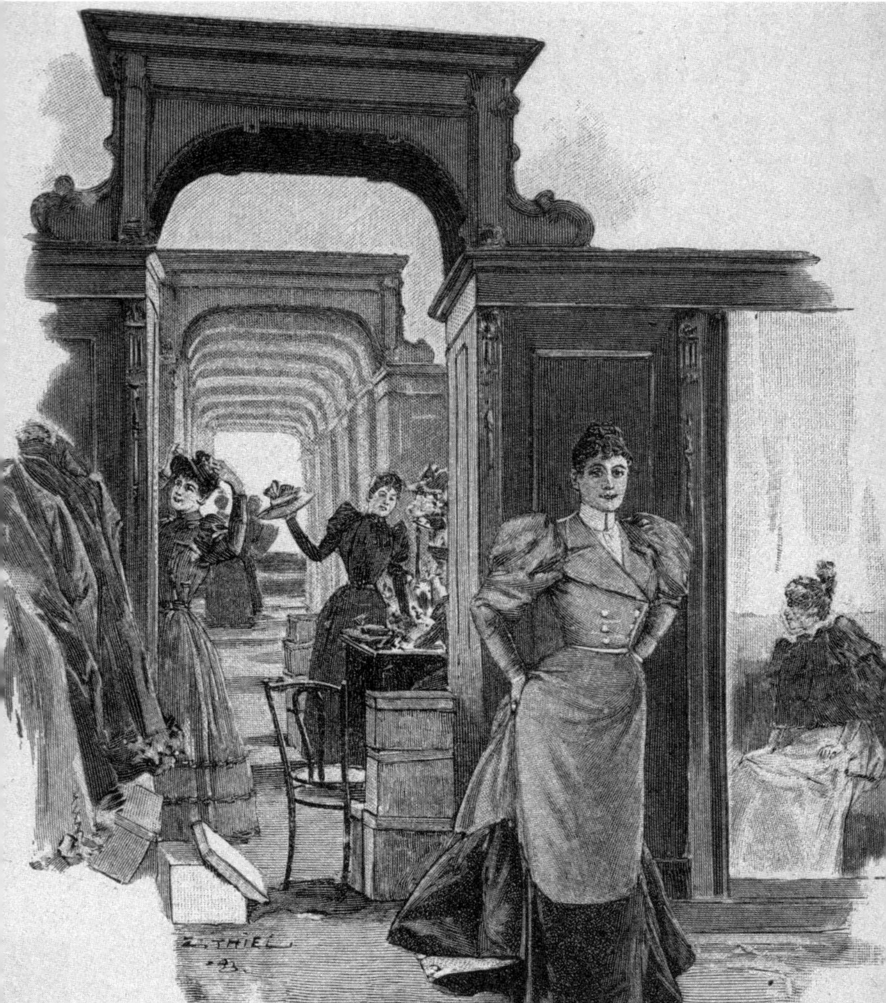

Ewald Thiel (XIXe siècle) : essayage dans une maison
de confection, aquarelle. Berlin, collection particulière.

les élégances, dont elle gardait, à son insu même, la jalousie et la rancune. Lorsqu'elle entendit Mme Marty dire qu'elle ne voulait pas dépasser deux cents francs, elle eut une moue de pitié. Oh ! madame mettrait davantage, il était impossible avec deux cents francs que madame trouvât quelque chose de convenable. Et elle jetait, sur un comptoir, les manteaux ordinaires, d'un geste qui signifiait : « Voyez donc, est-ce pauvre ! » Mme Marty n'osait les trouver bien. Elle se pencha pour murmurer à l'oreille de Mme Desforges :

– Hein ? n'aimez-vous pas mieux être servie par des hommes ?... On est plus à l'aise.

Enfin, Marguerite apporta un manteau de soie garni de jais[1], qu'elle traitait avec respect. Et Mme Aurélie appela Denise.

– Servez à quelque chose, au moins... Mettez ça sur vos épaules.

Denise, frappée au cœur, désespérant de jamais réussir dans la maison, était demeurée immobile, les mains ballantes. On allait la renvoyer sans doute, les enfants seraient sans pain. Le brouhaha de la foule bourdonnait dans sa tête, elle se sentait chanceler, les muscles meurtris d'avoir soulevé des brassées de vêtements[2], besogne de manœuvre qu'elle n'avait jamais faite. Pourtant, il lui fallut obéir, elle dut laisser Marguerite draper le manteau sur elle, comme sur un mannequin.

– Tenez-vous droite, dit Mme Aurélie.

Mais, presque aussitôt, on oublia Denise. Mouret venait d'entrer avec Vallagnosc et Bourdoncle ; et il saluait ces dames, il recevait leurs compliments pour sa magnifique exposition des nouveautés d'hiver. On se récria forcément sur le salon oriental[3]. Vallagnosc, qui achevait sa promenade à travers

1. Matière dure et d'aspect compact, d'un beau noir brillant, utilisée comme pierre fine, taillée et polie, servant notamment à la confection de bijoux, de boutons...

2. Mme Aurélie a ordonné à Denise de « faire le déplié », c'est-à-dire de trier et de ranger tous les articles sortis.

3. Mouret a eu l'idée de garnir l'entrée du magasin de tapis d'Orient.

les comptoirs, témoignait plus de surprise que d'admiration ; car, après tout, pensait-il dans sa nonchalance de pessimiste, ce n'était jamais que beaucoup de calicot[4] à la fois. Quant à Bourdoncle, il oubliait qu'il était de l'établissement, il félicitait aussi son patron, afin de lui faire oublier ses doutes et ses persécutions inquiètes du matin.

– Oui, oui, ça marche assez bien, je suis content, répétait Mouret radieux, répondant par un sourire aux tendres regards d'Henriette. Mais il ne faut pas que je vous dérange, mesdames.

Alors, tous les yeux revinrent sur Denise. Elle s'abandonnait aux mains de Marguerite, qui la faisait tourner lentement.

– Hein ? qu'en pensez-vous ? demanda Mme Marty à Mme Desforges.

Cette dernière décidait, en arbitre suprême de la mode.

– Il n'est pas mal, et de coupe originale… Seulement, il me semble peu gracieux de la taille.

– Oh ! intervint Mme Aurélie, il faudrait le voir sur madame elle-même. Vous comprenez, il ne fait aucune effet sur mademoiselle, qui n'est guère étoffée[5]… Redressez-vous donc, mademoiselle, donnez-lui toute son importance.

On sourit. Denise était devenue très pâle. Une honte la prenait, d'être ainsi changée en une machine qu'on examinait et dont on plaisantait librement. Mme Desforges, cédant à une antipathie de nature contraire, agacée par le visage doux de la jeune fille, ajouta méchamment :

– Sans doute, il irait mieux si la robe de mademoiselle était moins large.

Et elle jetait à Mouret le regard moqueur d'une Parisienne, que l'attifement[6] ridicule d'une provinciale égayait. Celui-ci sentit la caresse amoureuse de ce coup d'œil, le triomphe

4. Toile de coton assez grossière, de qualité très ordinaire.

5. Qui n'a pas de formes, maigre.

6. Accoutrement, habillement.

de la femme heureuse de sa beauté et de son art. Aussi, par gratitude d'homme adoré, crut-il devoir railler à son tour, malgré la bienveillance qu'il éprouvait pour Denise, dont sa nature galante subissait le charme secret.

– Puis, il faudrait être peignée, murmura-t-il.

Ce fut le comble. Le directeur daignait rire, toutes ces demoiselles éclatèrent. Marguerite risque un léger gloussement de fille distinguée qui se retient ; Clara avait lâché une vente, pour se faire du bon sang à son aise ; même des vendeuses de la lingerie étaient venues, attirées par la rumeur. Quant à ces dames, elles s'amusaient plus discrètement, d'un air d'intelligence mondaine ; tandis que, seul, le profil impérial de Mme Aurélie ne riait pas, comme si les beaux cheveux sauvages et les fines épaules virginales de la débutante l'eussent déshonorée, dans la bonne tenue de son rayon. Denise avait encore pâli, au milieu de tout ce monde qui se moquait. Elle se sentait violentée, mise à nu, sans défense. Quelle était donc sa faute, pour qu'on s'attaquât de la sorte à sa taille trop mince, à son chignon trop lourd ? Mais elle souffrait surtout du rire de Mouret et de Mme Desforges, avertie par un instinct de leur entente, le cœur défaillant d'une douleur inconnue ; cette dame était bien mauvaise, de s'en prendre ainsi à une pauvre fille qui ne disait rien ; et lui, décidément, la glaçait d'une peur où tous ses autres sentiments sombraient, sans qu'elle pût les analyser. Alors, dans son abandon de paria[7], atteinte à ses plus intimes pudeurs de femme et révoltée contre l'injustice, elle étrangla les sanglots qui lui montaient à la gorge.

– N'est-ce pas ? Qu'elle se peigne demain, c'est inconvenant[8], répétait à Mme Aurélie le terrible Bourdoncle, qui

7. Dans la civilisation traditionnelle de l'Inde, individu n'appartenant à aucune caste, considéré comme un être impur dont le contact est une souillure, et rejeté de ce fait par l'ensemble de la société. Par extension, personne méprisée, rejetée par la collectivité.
8. Qui ne convient pas, qui va contre les convenances et la bienséance.

dès l'arrivée avait condamné Denise, plein de mépris pour ses petits membres.

Et la première vint enfin enlever le manteau des épaules de celle-ci, en lui disant tout bas :

– Eh bien ! mademoiselle, voilà un joli début. Vraiment, si vous avez voulu montrer ce dont vous êtes capable... On n'est pas plus sotte.

Denise, de peur que les larmes ne lui jaillissent des yeux, se hâta de retourner au tas de vêtements qu'elle transportait et qu'elle classait sur un comptoir. Là, au moins, elle était perdue dans la foule, la fatigue l'empêchait de penser.

[...]

Lentement, la foule diminuait. Des volées de cloche, à une heure d'intervalle, avaient déjà sonné les deux premières tables du soir ; la troisième allait être servie, et dans les rayons, peu à peu déserts, il ne restait que des clientes attardées, à qui leur rage de dépense faisait oublier l'heure. Du dehors, ne venaient plus que les roulements des derniers fiacres[9], au milieu de la voix empâtée[10] de Paris, un ronflement d'ogre repu[11], digérant les toiles et les draps, les soies et les dentelles, dont on le gavait depuis le matin. À l'intérieur, sous le flamboiement des becs de gaz, qui, brûlant dans le crépuscule, avaient éclairé les secousses suprêmes de la vente, c'était comme un champ de bataille encore chaud du massacre des tissus. Les vendeurs, harassés de fatigue, campaient parmi la débâcle de leurs casiers et de leurs comptoirs, que paraissait avoir saccagés le souffle furieux d'un ouragan. On longeait avec peine les galeries du rez-de-chaussée, obstruées[12] par la débandade des chaises ; il fallait enjamber, à la ganterie, une barricade de cartons, entassés autour de Mignot[13] ;

9. Voitures de louage tirées par un cheval et conduites par un cocher.
10. Voix qui manque de netteté.
11. Gavé, rassasié.
12. Bouchées.
13. Voir la liste des personnages, p. 158.

aux lainages, on ne passait plus du tout, Liénard sommeillait au-dessus d'une mer de pièces, où des piles restées debout, à moitié détruites, semblaient des maisons dont un fleuve débordé charrie les ruines ; et, plus loin, le blanc avait neigé à terre, on butait contre des banquises de serviettes, on marchait sur les flocons légers des mouchoirs. Mêmes ravages en haut, dans les rayons de l'entresol : les fourrures jonchaient les parquets, les confections s'amoncelaient comme des capotes de soldats mis hors de combat, les dentelles et la lingerie, dépliées, froissées, jetées au hasard, faisaient songer à un peuple de femmes qui se serait déshabillé là, dans le désordre d'un coup de désir ; tandis que, en bas, au fond de la maison, le service du départ[14], en pleine activité, dégorgeait[15] toujours les paquets dont il éclatait et qu'emportaient les voitures, dernier branle[16] de la machine surchauffée. Mais, à la soie surtout, les clientes s'étaient ruées en masse ; là, elles avaient fait place nette ; on y passait librement, le hall restait nu, tout le colossal approvisionnement du Paris-Bonheur[17] venait d'être déchiqueté, balayé, comme sous un vol de sauterelles dévorantes. Et, au milieu de ce vide, Hutin et Favier feuilletaient leurs cahiers de débit[18], calculaient leur tant pour cent, essoufflés de la lutte. Favier s'était fait quinze francs, Hutin n'avait pu arriver qu'à treize, battu ce jour-là, enragé de sa mauvaise chance. Leurs yeux s'allumaient de la passion du gain, tout le magasin autour d'eux alignait également des chiffres et flambait d'une même fièvre, dans la gaieté brutale des soirs de carnage.

– Eh bien ! Bourdoncle, cria Mouret, tremblez-vous encore ?

14. Le service qui s'occupe des livraisons dans Paris et la proche banlieue.
15. Se vidait de son trop-plein.
16. Mouvement.
17. Soie de belle apparence dont Mouret a l'exclusivité, vendue très bon marché.
18. Mouret a eu l'idée de donner à chacun de ses vendeurs un cahier à souche où il inscrit chacune de ses ventes, ce qui permet le calcul de la prime, la guelte, gagnée par le vendeur.

Il était revenu à son poste favori, en haut de l'escalier de l'entresol, contre la rampe ; et, devant le massacre d'étoffes qui s'étalait sous lui, il avait un rire victorieux. Ses craintes du matin, ce moment d'impardonnable faiblesse que personne ne connaîtrait jamais le jetait à un besoin tapageur de triomphe. La campagne était donc définitivement gagnée, le petit commerce du quartier mis en pièces, le baron Hartmann conquis, avec ses millions et ses terrains. Pendant qu'il regardait les caissiers penchés sur leurs registres, additionnant les longues colonnes de chiffres, pendant qu'il écoutait le petit bruit de l'or, tombant de leurs doigts dans les sébiles[19] de cuivre, il voyait déjà le *Bonheur des Dames* grandir démesurément, élargir son hall, prolonger ses galeries jusqu'à la rue du Dix-Décembre.

– Et maintenant, reprit-il, êtes-vous convaincu que la maison est trop petite ?... On aurait vendu le double.

Bourdoncle s'humiliait, ravi du reste d'être dans son tort. Mais un spectacle les rendit graves. Comme tous les soirs, Lhomme, premier caissier de la vente, venait de centraliser les recettes particulières de chaque caisse ; après les avoir additionnées, il affichait la recette totale, en embrochant dans sa pique de fer la feuille où elle était inscrite ; et il montait ensuite cette recette à la caisse centrale, dans un portefeuille et dans des sacs, selon la nature du numéraire[20]. Ce jour-là, l'or et l'argent dominaient, il gravissait lentement l'escalier, portant trois sacs énormes. Privé de son bras droit, coupé au coude, il les serrait de son bras gauche contre sa poitrine, il en maintenait un avec son menton, pour l'empêcher de glisser. Son souffle fort s'entendait de loin, il passait, écrasé et superbe, au milieu du respect des commis.

– Combien, Lhomme ? demanda Mouret.

19. Petites coupes destinées à recevoir de l'argent.
20. Monnaie métallique, espèces.

Le caissier répondit :

– Quatre-vingt mille sept cent quarante-deux francs dix centimes !

Un rire de jouissance souleva le *Bonheur des Dames*. Le chiffre courait. C'était le plus gros chiffre qu'une maison de nouveautés eût encore jamais atteint en un jour.

Et, le soir, lorsque Denise monta se coucher, elle s'appuyait aux cloisons de l'étroit corridor, sous le zinc[21] de la toiture. Dans sa chambre, la porte fermée, elle s'abandonna sur le lit, tellement les pieds lui faisaient du mal. Longtemps, elle regarda d'un air hébété la table de toilette, l'armoire, toute cette nudité d'hôtel garni[22]. C'était donc là qu'elle allait vivre ; et sa première journée se creusait, abominable, sans fin. Jamais elle ne trouverait le courage de la recommencer. Puis, elle s'aperçut qu'elle était vêtue de soie ; cet uniforme l'accablait, elle eut l'enfantillage, pour défaire sa malle, de vouloir remettre sa vieille robe de laine, restée au dossier d'une chaise. Mais quand elle fut rentrée dans ce pauvre vêtement à elle, une émotion l'étrangla, les sanglots qu'elle contenait depuis le matin crevèrent brusquement en un flot de larmes chaudes. Elle était retombée sur le lit, elle pleurait au souvenir de ses deux enfants, elle pleurait toujours sans avoir la force de se déchausser, ivre de fatigue et de tristesse.

Extraits du chapitre IV.

21. Métal dur, d'un blanc bleuâtre, utilisé pour la couverture des toits de Paris.

22. Hôtel qui loue des chambres meublées pauvrement.

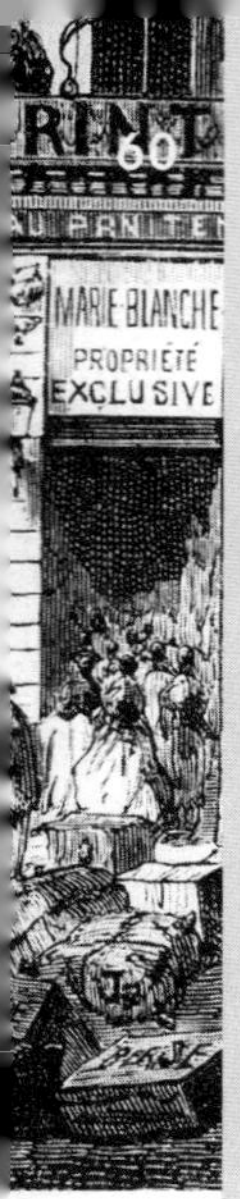

Questions

Repérer et analyser

Le cadre et les personnages

1 Quel est l'événement commercial auquel est consacré le chapitre IV ? Aidez-vous du hors-texte.

2 À quels moments de la journée l'action se déroule-t-elle ?

3 Citez précisément les lieux qui servent de cadre à l'action. En quoi contrastent-ils ?

4 Les personnages sont nombreux dans ces extraits. Faites-en la liste et classez-les selon leur position par rapport au *Bonheur des Dames*.

Le registre épique

Le registre est la tonalité que revêt un texte. On distingue par exemple les registres tragique, comique, épique… Le registre épique se réfère à l'épopée. Il est caractérisé par la dramatisation des faits, les amplifications, les personnifications… Le naturalisme de Zola laisse une large place à l'imagination créatrice et s'élargit souvent en une vision épique visant à amplifier et dramatiser la réalité par l'emploi de figures de style telles que la comparaison et la métaphore.

5 Relisez les lignes 126 à 170.

a. Analysez la métaphore de la dévoration : à quel monstre le magasin est-il assimilé ?

b. À quoi est-il comparé le soir de la grande vente ? Pour répondre, relevez la métaphore filée (une métaphore qui se prolonge sur plusieurs lignes) du combat et la métaphore des catastrophes naturelles.

c. Énumérez les différentes marchandises qui jonchent le sol et les comptoirs.

d. Identifiez la figure de style utilisée, lignes 168-169.

e. Quel est l'effet produit par l'ensemble ?

Le parcours de Denise et de Mouret

Mouret

6 En quoi les ravages commis dans le magasin sont-ils le signe de la réussite de Mouret ? Quelles sont les preuves tangibles de cette réussite ? Quels projets Mouret a-t-il pour son magasin ?

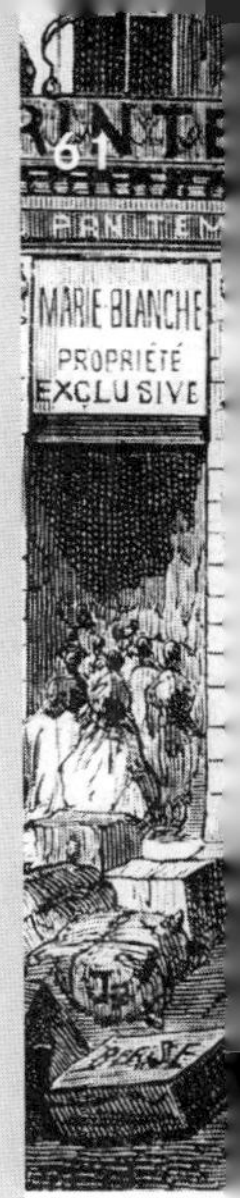

7 **a.** Pour quelle raison Mouret humilie-t-il Denise ? Par quelle phrase ?
b. Quel est l'effet de cette phrase sur les personnages présents ?

Denise

8 Quel regard les personnages présents portent-ils sur le physique de Denise ?

9 Relevez les termes qui évoquent son état physique et son état d'esprit tout au long de la journée.

10 Relisez les lignes 209 à 225.
a. Quels sont les deux points de vue adoptés par le narrateur pour restituer l'état intérieur de Denise ? Que ressent-elle, moralement, physiquement ?
b. Que peut symboliser l'opposition entre la robe de soie et la robe de laine ?

La visée et les hypothèses de lecture

11 **a.** Quelle vision Zola donne-t-il, à travers Denise et les autres vendeurs, de la condition des employés de magasin ?
b. Quelle vision donne-t-il de l'attitude des consommateurs ?

12 À ce stade du roman, quel semble être l'avenir professionnel de Denise ?

Étudier la langue

Une figure de style : la personnification

13 Relisez les lignes 168-169 et 206. À votre tour, évoquez les vestiaires d'un stade ou d'un gymnase après une victoire sportive en utilisant une personnification.

Écrire

Écrire un récit d'imagination à partir d'une documentation

14 Imaginez la première journée d'une jeune vendeuse ou d'une jeune hôtesse de caisse dans un magasin d'une galerie commerciale actuelle.

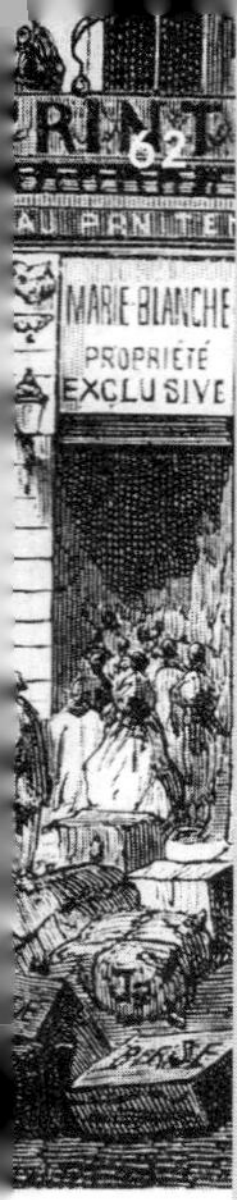

Enquêter

Les conditions de travail aujourd'hui

15 Renseignez-vous sur les conditions de travail des employés actuellement dans les grandes surfaces et dans des magasins de plus petite taille. Présentez vos recherches sous forme d'un exposé et comparez les conditions de travail actuelles avec celles des vendeurs et vendeuses du XIXe siècle.

Se documenter

Les tissus

Vers le milieu du XIXe siècle, les vêtements de confection tendent de plus en plus à remplacer le costume sur mesure ou le costume usagé qu'on achète chez le fripier. Mais ceci est surtout valable pour les vêtements masculins et ceux des vêtements féminins qui sont peu sensibles aux variations de la mode comme les manteaux ou les accessoires. Pour les robes, la plupart des femmes préfèrent encore acheter des étoffes et se faire tailler un vêtement à leurs mesures chez une couturière. D'où l'importance, dans un magasin comme le *Bonheur des Dames*, des rayons consacrés aux tissus.

Ces tissus coûtent cher et ne sont pas à la portée de toutes les bourses. Un mètre de soie noire ordinaire coûte environ 0,59 €, ce qui représente deux journées de travail d'une ouvrière en chambre ou en atelier. De plus, les robes de l'époque sont larges, alors que les soieries sont étroites (60 cm de largeur) : il faut donc de 20 à 30 mètres de tissu pour confectionner une robe !

16 À partir de ces données, calculez le prix de revient d'une robe confectionnée avec 20 mètres de Paris-Bonheur à 0,85 €. Combien de jours devait travailler une ouvrière, si elle voulait se payer une telle robe ? Que pouvez-vous en déduire sur la catégorie sociale des femmes qui fréquentaient alors les grands magasins ?

17 En vous basant sur le salaire actuel d'une ouvrière touchant le SMIC, comparez le prix d'une robe d'alors à celle d'une robe d'aujourd'hui. Que pouvez-vous en conclure sur l'évolution de l'industrie textile dans notre civilisation ?

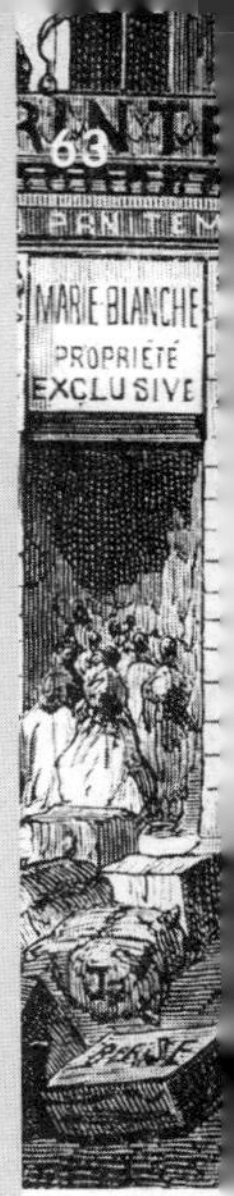

Le processus de la vente

Le processus de la vente se faisait selon des règles très précises : le vendeur conduisait lui-même sa cliente à la caisse où il annonçait les articles et le prix à payer. Le caissier consignait ces données sur un registre et les répétait à haute voix pour s'assurer qu'il n'avait pas commis d'erreur.

18 Comment s'effectue aujourd'hui le paiement de vos achats dans un grand magasin ? Notez les différences fondamentales intervenues par rapport à l'époque du *Bonheur des Dames*.

Les chambres des vendeuses

Voici un extrait du dossier préparatoire d'*Au bonheur des dames* (notes prises par Zola sur le *Bon Marché*) :

« Dans un couloir qui tourne. Des cellules. Le couloir planchéié, propre. On couche environ soixante-quinze femmes. Des numéros sur les portes. Chaque chambre plus ou moins grande ; les unes deux fenêtres, les autres une fenêtre. Mansardées, basses de plafond, un petit lit de fer, quelques-uns avec édredon rouge. Des couvre-pieds bleus. Une armoire de noyer à porte pleine. Une table de toilette. Deux chaises. Des vêtements derrière une porte. Pas de malles, défendu. (…) »

Émile Zola.

Extrait 6

« Denise montra son grand courage. »

Le lendemain, Denise était descendue au rayon depuis une demi-heure à peine, lorsque Mme Aurélie lui dit de sa voix brève :

– Mademoiselle, on vous demande à la direction.

La jeune fille trouva Mouret seul, assis dans le grand cabinet tendu de reps[1] vert. Il venait de se rappeler « la mal peignée », comme la nommait Bourdoncle ; et lui qui répugnait d'ordinaire au rôle de gendarme, il avait eu l'idée de la faire comparaître pour la secouer un peu, si elle était toujours fagotée en provinciale. La veille, malgré sa plaisanterie, il avait éprouvé devant Mme Desforges une contrariété d'amour-propre, en voyant discuter l'élégance d'une de ses vendeuses. C'était, chez lui, un sentiment confus, un mélange de sympathie et de colère.

– Mademoiselle, commença-t-il, nous vous avions prise par égard pour votre oncle, et il ne faut pas nous mettre dans la triste nécessité…

Mais il s'arrêta. En face de lui, de l'autre côté du bureau, Denise se tenait droite, sérieuse et pâle. Sa robe de soie n'était plus trop large, serrant sa taille ronde, moulant les lignes pures de ses épaules de vierge ; et, si sa chevelure, nouée en grosses tresses, restait sauvage, elle tâchait du moins de se contenir. Après s'être endormie toute vêtue, les yeux épuisés de larmes, la jeune fille, en se réveillant vers quatre heures, avait eu honte de cette crise de sensibilité nerveuse. Et elle s'était mise immédiatement à rétrécir la

1. Étoffe à côtes perpendiculaires aux lisières, employée souvent pour l'ameublement.

robe, elle avait passé une heure devant l'étroit miroir, le peigne dans ses cheveux, sans pouvoir les réduire, comme elle l'aurait voulu.

– Ah ! Dieu merci ! murmura Mouret, vous êtes mieux, ce matin… Seulement, ce sont encore ces diablesses de mèches !

Il s'était levé, il vint corriger sa coiffure, du même geste familier dont Mme Aurélie avait essayé de le faire la veille.

– Tenez ! rentrez donc ça derrière l'oreille… Le chignon est trop haut.

Elle n'ouvrait pas la bouche, elle se laissait arranger. Malgré son serment d'être forte, elle était arrivée toute froide dans le cabinet, avec la certitude qu'on l'appelait pour lui signifier son renvoi. Et l'évidente bienveillance de Mouret ne la rassurait pas, elle continuait à le redouter, à ressentir près de lui ce malaise qu'elle expliquait par un trouble bien naturel, devant l'homme puissant dont sa destinée dépendait. Quand il la vit si tremblante sous ses mains qui lui effleuraient la nuque, il eut regret de ce mouvement d'obligeance[2], car il craignait surtout de perdre son autorité.

– Enfin, mademoiselle, reprit-il en mettant de nouveau le bureau entre elle et lui, tâchez de veiller sur votre tenue. Vous n'êtes plus à Valognes, étudiez nos Parisiennes… Si le nom de votre oncle a suffi pour vous ouvrir notre maison, je veux croire que vous tiendrez ce que votre personne m'a semblé promettre. Le malheur est que tout le monde ici ne partage point mon avis… Vous voilà prévenue, n'est-ce pas ? Ne me faites pas mentir.

Il la traitait en enfant, avec plus de pitié que de bonté, sa curiosité de féminin simplement mise en éveil par la femme troublante qu'il sentait naître chez cette enfant pauvre et

2. Amabilité.

maladroite. Et elle, pendant qu'il la sermonnait[3], ayant aperçu le portrait de Mme Hédouin, dont le beau visage régulier souriait gravement dans le cadre d'or, se trouvait reprise d'un frisson, malgré les paroles encourageantes qu'il lui adressait. C'était la dame morte, celle que le quartier l'accusait d'avoir tuée, pour fonder la maison sur le sang de ses membres.

Mouret parlait toujours.

– Allez, dit-il enfin, assis et continuant à écrire.

Elle s'en alla, elle eut dans le corridor un soupir de profond soulagement.

À partir de ce jour, Denise montra son grand courage. Sous les crises de sa sensibilité, il y avait une raison sans cesse agissante, toute une bravoure d'être faible et seul, s'obstinant gaiement au devoir qu'elle s'imposait. Elle faisait peu de bruit, elle allait devant elle, droit à son but, par-dessus les obstacles ; et cela simplement, naturellement, car sa nature même était dans cette douceur invincible.

D'abord, elle eut à surmonter les terribles fatigues du rayon. Les paquets de vêtements lui cassaient les bras, au point que, pendant les six premières semaines, elle criait la nuit en se retournant, courbaturée, les épaules meurtries. Mais elle souffrit plus encore de ses souliers, de gros souliers apportés de Valognes, et que le manque d'argent l'empêchait de remplacer par des bottines légères. Toujours debout, piétinant du matin au soir, grondée si on la voyait s'appuyer une minute contre une boiserie, elle avait les pieds enflés, des petits pieds de fillette qui semblaient broyés dans des brodequins de torture ; les talons battaient de fièvre, la plante s'était couverte d'ampoules, dont la peau arrachée se collait à ses bas. Puis, elle éprouvait un délabrement[4] du

3. Qu'il lui adressait des remontrances, des reproches. | 4. Mauvais état.

corps entier, les membres et les organes tirés par cette lassitude des jambes, de brusques troubles dans son sexe de femme, que trahissaient les pâles couleurs de sa chair[5]. Et elle, si mince, l'air si fragile, résista, pendant que beaucoup de vendeuses devaient quitter les nouveautés, atteintes de maladies spéciales. Sa bonne grâce à souffrir[6], l'entêtement de sa vaillance la maintenaient souriante et droite, lorsqu'elle défaillait[7], à bout de force, épuisée par un travail auquel des hommes auraient succombé.

Ensuite, son tourment fut d'avoir le rayon contre elle. Au martyre physique s'ajoutait la sourde persécution de ses camarades. Après deux mois de patience et de douceur, elle ne les avait pas encore désarmées. C'étaient des mots blessants, des inventions cruelles, une mise à l'écart qui la frappait au cœur, dans son besoin de tendresse. On l'avait longtemps plaisantée sur son début fâcheux ; les mots de « sabot[8] », de « tête de pioche[9] » circulaient, celles qui manquaient une vente étaient envoyées à Valognes, elle passait enfin pour la bête du comptoir. Puis, lorsqu'elle se révéla plus tard comme une vendeuse remarquable, au courant désormais du mécanisme de la maison, il y eut une stupeur indignée ; et, à partir de ce moment, ces demoiselles s'entendirent de manière à ne jamais lui laisser une cliente sérieuse. Marguerite et Clara la poursuivaient d'une haine instinctive, serraient les rangs pour ne pas être mangées par cette nouvelle venue, qu'elles redoutaient sous leur affectation[10] de dédain. Quant à Mme Aurélie, elle était blessée de la réserve fière de la jeune fille, qui ne tournait pas autour

5. Zola montre ici son intérêt pour les conséquences physiques de la pénibilité du travail.
6. Son aptitude à souffrir sans se plaindre.
7. Était près de s'effondrer, de perdre connaissance.
8. Personne qui s'acquitte mal de sa tâche, peu douée pour quelque chose.
9. Personne très entêtée, stupide.
10. Action d'adopter une attitude seulement en apparence.

de sa jupe d'un air d'admiration caressante; aussi l'abandonnait-elle aux rancunes de ses favorites, des préférées de sa cour, toujours agenouillées, occupées à la nourrir d'une flatterie continue, dont sa forte personne autoritaire avait besoin pour s'épanouir. Un instant, la seconde, Mme Frédéric, parut ne pas entrer dans le complot; mais ce devait être par inadvertance[11], car elle se montra également dure dès qu'elle s'aperçut des ennuis où ses bonnes manières pouvaient la mettre. Alors, l'abandon fut complet, toutes s'acharnèrent sur « la mal peignée », celle-ci vécut dans une lutte de chaque heure, n'arrivant avec tout son courage qu'à se maintenir au rayon, difficilement.

Extrait du chapitre V.

Les pages suivantes évoquent les difficultés de Denise au cours des six premiers mois. Aux persécutions du rayon s'ajoutent les difficultés financières. Seule consolation, elle devient l'amie d'une vendeuse de la lingerie, Pauline Cugnot. Un dimanche de mai, Pauline l'entraîne sur les bords de la Marne. Au retour, elle rencontre Mouret qui la trouve embellie.

11. Inattention.

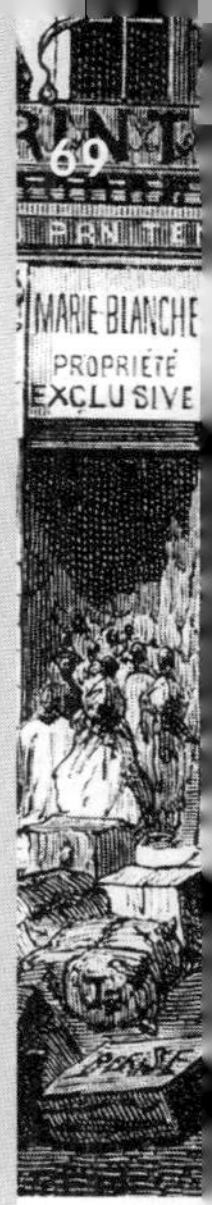

Repérer et analyser

Le rythme de la narration

– On parle de scène lorsque le temps du récit est à peu près égal au temps de l'histoire, lorsque le narrateur donne au lecteur l'illusion que la durée des événements racontés équivaut au temps qu'il met à lire le texte. Les scènes comportent souvent des dialogues. Elles marquent les temps forts de l'action.
– Le narrateur peut accélérer le rythme du récit en ayant recours au sommaire qui résume les événements en quelques lignes et/ou à l'ellipse qui passe certains événements sous silence et marque un saut dans le temps.

1 **a.** Quel est le passage de cet extrait qui constitue une scène ? Justifiez votre réponse en vous référant au nombre de lignes et en estimant la durée approximative de la scène.
b. Quels sont les personnages en présence ?
c. Pourquoi le narrateur a-t-il choisi d'introduire une scène ici ?

La fréquence narrative

On appelle fréquence narrative le rapport entre le nombre de fois où un événement s'est produit dans la fiction et le nombre de fois où cet événement est raconté dans la narration. Le narrateur peut choisir :
– de raconter ce qui s'est passé une fois dans la fiction ; c'est le cas le plus courant ;
– de raconter ce qui s'est passé plusieurs fois dans la fiction ; le temps utilisé est l'imparfait de répétition lorsque le récit est au passé. Ce mode de narration est souvent associé à un sommaire.

2 **a.** Quels faits répétés le narrateur rapporte-t-il lignes 69 à 128 ? Quel est le temps utilisé ?
b. « Pendant les six premières semaines, elle criait la nuit » (l. 78-79) : en quoi s'agit-il d'un sommaire ? Quelle est la valeur de l'imparfait ?
c. Relevez une ellipse (l. 98 à 101). Quelle est la durée passée sous silence ? Quel est l'intérêt de cette ellipse ?

L'ordre de la narration

3 **a.** Repérez les deux retours en arrière dans les lignes 1 à 29. Appuyez-vous sur les indications temporelles et le temps des verbes.
b. Relevez les sujets de ces verbes. Quels personnages ces retours en arrière concernent-ils ? Quel est l'intérêt de ces retours en arrière ?

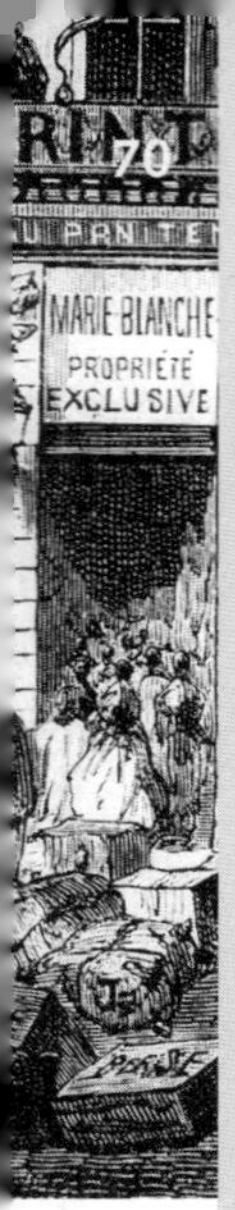

Le point de vue

4 **a.** Relevez dans les lignes 1 à 68 un passage dans lequel le narrateur adopte : le point de vue omniscient, le point de vue de Mouret ou de Denise (point de vue interne).
b. Quel est l'effet produit par cette alternance de points de vue ?

Le parcours de Denise et de Mouret

Denise et Mouret

5 Rappelez quelles avaient été les paroles de Mouret lors de sa précédente rencontre avec Denise.

6 **a.** Dans quel cadre Mouret reçoit-il Denise ?
b. Quels sont les éléments de décor évoqués ? Quel est celui qui a une valeur symbolique (l. 58 à 64) ?

7 Quels différents sentiments Mouret éprouve-t-il face à la jeune fille lors de cette entrevue ? Appuyez-vous sur le texte.

8 Que ressent Denise face à Mouret ? Relevez des expressions.

Le parcours professionnel de Denise

9 **a.** Quels sont les deux types de difficultés auxquelles Denise doit faire face ? Appuyez-vous sur les connecteurs temporels (l. 76 à 128).
b. Détaillez les souffrances physiques de Denise. Appuyez-vous sur un champ lexical.
c. Quelle est l'attitude des vendeuses à l'égard de Denise pendant les premiers temps ? Justifiez votre réponse.

10 La métonymie

> La métonymie est une figure de style qui consiste à remplacer un terme par un autre lié au premier par un rapport logique. Exemple : la partie pour le tout, le contenu pour le contenant (la salle applaudit).

« Son tourment fut d'avoir le rayon contre elle. » (l. 98). Relevez la métonymie. Que désigne-t-elle ?

11 « *C'étaient* des mots blessants, des inventions cruelles » (l. 101-102) ; « On l'avait longtemps plaisantée » (l. 103-104) ; « les mots de "sabot" [...] circulaient » (l. 104-105) ; « *il y eut* une stupeur indignée » (l. 109-110). Par quels procédés le narrateur gomme-t-il les agents des actions ? Quel est l'effet produit ?

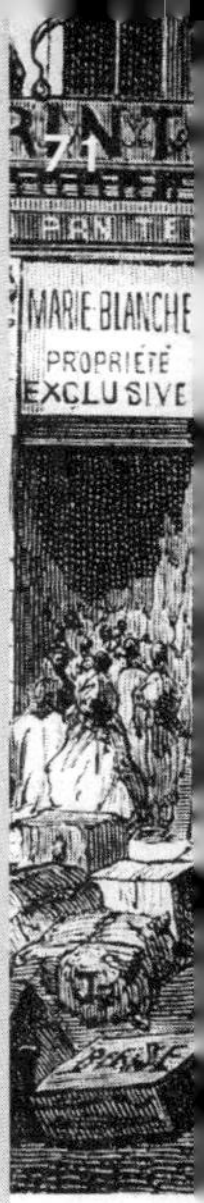

12 Précisez l'attitude des vendeuses au moment où Denise se révèle une bonne vendeuse. Quels sentiments éprouvent-elles envers elle ?

13 « À partir de ce jour, Denise montra son grand courage. » (l. 69)

a. Relevez les synonymes de « courage » utilisés dans le texte.

b. Quelles sont les qualités dont fait preuve la jeune fille ?

c. Expliquez l'expression « cette douceur invincible » (l. 75).

La visée

14 **a.** Quels sentiments le narrateur cherche-t-il à susciter chez le lecteur en présentant le quotidien de Denise dans le magasin ?

b. Quelle image le narrateur donne-t-il d'elle ?

Écrire

Exercice de réécriture

15 Récrivez au style indirect les propos de Mouret (l. 47 à 54).

Écrire une « scène »

16 En tenant bien compte des indications données par cet extrait, écrivez une « scène » dans laquelle Denise, devenue une vendeuse compétente, est en proie aux persécutions de ses collègues. Vous introduirez des dialogues.

Se documenter

La vie des vendeuses

Voici quelques notes prises par Zola sur la condition des vendeuses (Zola a interrogé une vendeuse venue de province à Paris) :

« En bottines du matin au soir. Beaucoup ne peuvent résister. Les maladies. (…) On se déteste de rayon à rayon. On ne se voit pas au-dehors. Quand une vendeuse nouvelle entre au Louvre, tout le rayon la tient en suspicion. Il faut qu'elle en fasse la conquête par amabilité ou par force. Certaines ne peuvent y rester : toutes se mettent contre elles et la molestent. »

Émile Zola.

Extrait 7

« – Passez à la caisse ! »

C'est l'été, le magasin est « vide de clientes, pendant les chaleurs de juillet et d'août ». Les vendeurs risquent le renvoi à tout moment et au moindre prétexte. Ils redoutent tous Bourdoncle et son terrible : « Passez à la caisse ! ». Denise se sent menacée, Clara et Marguerite font courir le bruit qu'elle a un enfant et un amant parce qu'elles l'ont vue avec ses frères Pépé et Jean. Pour faire face aux besoins financiers de ce dernier, elle a obtenu de Robineau un travail supplémentaire : elle coud des nœuds de cravate la nuit. Mais l'entrepreneuse de cravates fait faillite et Denise perd dix-huit francs.

Ce jour-là, elle cherche Robineau dans tout le magasin : peut-être pourra-t-il retrouver l'entrepreneuse de cravates. Elle ne le trouve pas mais tombe sur Jean, entré dans le magasin pour réclamer l'argent. Le père Jouve la surprend et elle regagne en hâte le rayon.

Justement, Mme Aurélie se fâchait contre Denise. D'où venait-elle encore ? cette fois, elle ne dirait peut-être pas qu'elle était montée à l'atelier[1]. Vraiment ces disparitions continuelles ne pouvaient se tolérer davantage.

– Madame Aurélie ! appela Bourdoncle.

Il se décidait à un coup de force, il ne voulait pas consulter Mouret, de peur d'une faiblesse. La première s'avança, et de nouveau l'histoire fut contée à voix basse. Tout le rayon attendait, flairant une catastrophe. Enfin, Mme Aurélie se tourna, l'air solennel.

– Mademoiselle Baudu…

1. L'atelier au dernier étage du magasin où sont retouchés les vêtements vendus au rayon des confections.

Et son masque empâté d'empereur avait l'immobilité inexorable[2] de la toute-puissance.

– Passez à la caisse !

La terrible phrase sonna très haut, dans le rayon alors vide de clientes. Denise était demeurée droite et blanche, sans un souffle. Puis, elle eut des mots entrecoupés.

– Moi ! moi !... Pourquoi donc ? qu'ai-je fait ?

Bourdoncle répondit durement qu'elle le savait, qu'elle ferait mieux de ne pas provoquer une explication ; et il parla des cravates, et il dit que ce serait joli, si toutes ces demoiselles voyaient des hommes dans le sous-sol.

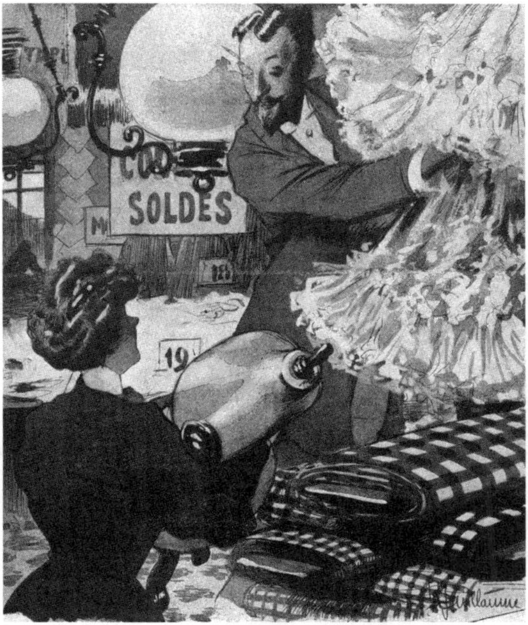

A. Guillaume, *Au Bonheur des Dames*, dessin humoristique paru dans *Le Rire* en 1906.

2. Qu'on ne peut fléchir par des prières, impitoyable.

– Mais c'est mon frère ! cria-t-elle avec la colère douloureuse d'une vierge violentée.

Marguerite et Clara se mirent à rire, tandis que Mme Frédéric, si discrète d'habitude, hochait également la tête d'un air incrédule. Toujours son frère ! c'était bête à la fin ! Alors, Denise les regarda tous : Bourdoncle, qui dès la première heure ne voulait pas d'elle ; Jouve, resté là pour témoigner, et dont elle n'attendait aucune justice ; puis, ces filles qu'elle n'avait pu toucher par neuf mois de courage souriant, ces filles heureuses enfin de la pousser dehors. À quoi bon se débattre ? pourquoi vouloir s'imposer, quand personne ne l'aimait ? Et elle s'en alla sans ajouter une parole, elle ne jeta même pas un dernier regard, dans ce salon où elle avait lutté si longtemps.

Mais, dès qu'elle fut seule, devant la rampe du hall, une souffrance plus vive serra son cœur. Personne ne l'aimait, et la pensée brusque de Mouret venait de lui ôter toute sa résignation. Non ! elle ne pouvait accepter un pareil renvoi. Peut-être croirait-il cette vilaine histoire, ce rendez-vous avec un homme, au fond des caves. Une honte la torturait à cette idée, une angoisse dont elle n'avait jamais encore senti l'étreinte. Elle voulait l'aller trouver, elle lui expliquerait les choses, pour le renseigner simplement ; car il lui était égal de partir, lorsqu'il saurait la vérité. Et son ancienne peur, le frisson qui la glaçait devant lui, éclatait soudain en un besoin ardent de le voir, de ne point quitter la maison, sans lui jurer qu'elle n'avait pas appartenu à un autre.

Il était près de cinq heures, le magasin reprenait un peu de vie, dans l'air rafraîchi du soir. Vivement, elle se dirigea vers la direction. Mais, lorsqu'elle fut devant la porte du cabinet, une tristesse désespérée l'envahit de nouveau. Sa langue s'embarrassait, l'écrasement de l'existence retombait sur ses épaules. Il ne la croirait pas, il rirait comme les autres ; et cette crainte la fit défaillir. C'était fini, elle serait mieux seule, disparue, morte. Alors, sans même prévenir Deloche ni Pauline[3], elle passa tout de suite à la caisse.

– Mademoiselle, dit l'employé, vous avez vingt-deux jours, ça fait dix-huit francs soixante-dix auxquels il faut ajouter sept francs de tant pour cent et de guelte. C'est bien votre compte, n'est-ce pas ?

– Oui, monsieur… Merci.

Et Denise s'en allait avec son argent, lorsqu'elle rencontra enfin Robineau. Il avait appris déjà le renvoi, il lui promit de retrouver l'entrepreneuse de cravates. Tout bas, il la consolait, il s'emportait : quelle existence ! se voir à la continuelle merci d'un caprice ! être jeté dehors d'une heure à l'autre, sans pouvoir même exiger les appointements[4] du mois entier ! Denise monta prévenir Mme Cabin[5], qu'elle tâcherait de faire prendre sa malle dans la soirée. Cinq heures sonnaient, lorsqu'elle se trouva sur le trottoir de la place Gaillon, étourdie, au milieu des fiacres et de la foule.

Le soir même, comme Robineau rentrait chez lui, il reçut une lettre de la direction, l'avertissant en quatre lignes que, pour des raisons d'ordre intérieur, elle se voyait forcée de renoncer à ses services. Il était depuis sept ans dans la maison ; l'après-midi encore, il avait causé avec ces messieurs ; ce fut un coup de massue. Hutin et Favier chantaient victoire à la soie, aussi bruyamment que Marguerite et Clara triomphaient aux confections. Bon débarras ! les coups de balai font de la place ! Seuls, quand ils se rencontraient, à travers la cohue des rayons, Deloche et Pauline échangeaient des mots navrés, regrettant Denise, si douce, si honnête.

– Ah ! disait le jeune homme, si elle réussissait jamais autre part, je voudrais qu'elle rentrât ici, pour leur mettre le pied sur la gorge, à toutes ces pas grand'chose !

3. Voir la liste des personnages, p. 158.
4. Rémunération fixe et périodique d'un employé.
5. Voir la liste des personnages, p. 158.

Et ce fut Bourdoncle qui, dans cette affaire, supporta le choc violent de Mouret. Lorsque ce dernier apprit le renvoi de Denise, il entra dans une grande irritation. D'habitude, il s'occupait fort peu du personnel ; mais il affecta cette fois de voir là un empiétement[6] de pouvoir, une tentative d'échapper à son autorité. Est-ce qu'il n'était plus le maître, par hasard, pour qu'on se permît de donner des ordres ? Tout devait lui passer sous les yeux, absolument tout ; et il briserait comme une paille quiconque résisterait. Puis, quand il eut fait une enquête personnelle, dans un tourment nerveux qu'il ne pouvait cacher, il se fâcha de nouveau. Elle ne mentait pas, cette pauvre fille : c'était bien son frère, Campion[7] l'avait parfaitement reconnu. Alors, pourquoi la renvoyer ? Il parla même de la reprendre.

Cependant, Bourdoncle, fort de sa résistance passive, pliait l'échine[8] sous la bourrasque[9]. Il étudiait Mouret. Enfin, un jour où il le vit plus calme, il osa dire, d'une voix particulière :

– Il vaut mieux pour tout le monde qu'elle soit partie.

Mouret resta gêné, le sang au visage.

– Ma foi, répondit-il en riant, vous avez peut-être raison… Descendons voir la vente. Ça remonte, on a fait près de cent mille francs, hier.

Extrait du chapitre VI.

6. Fait d'usurper les droits de quelqu'un, d'agir à la place de quelqu'un sans en avoir la permission.
7. Voir la liste des personnages, p. 158.
8. Colonne vertébrale d'un animal ; *plier l'échine* : se soumettre.
9. Coup de vent violent ; mouvement de colère.

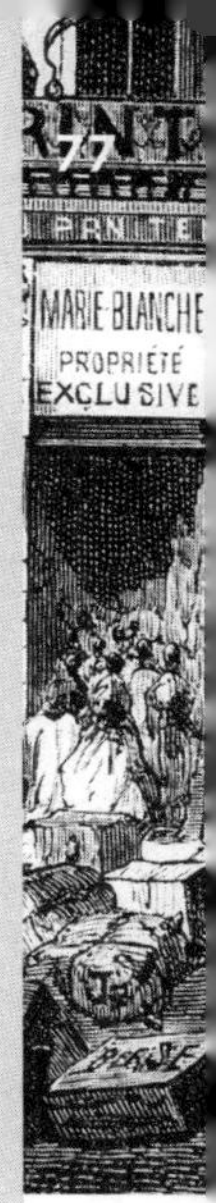

Repérer et analyser

Le cadre et les personnages

1 Cette scène se déroule en juillet. Pour quelle raison l'été est-il une période de morte-saison ? Quel risque courent à tout moment les employés des magasins ? Citez la phrase que chacun redoute.

2 Qui sont les personnages présents ? Rappelez leur fonction dans le grand magasin et leur attitude par rapport à Denise.

La progression de l'action

3 Dégagez les différents épisodes du renvoi de Denise (l. 5 à 72).

4 Montrez que le narrateur insiste sur la rapidité du renvoi de Denise et de Robineau. Appuyez-vous sur les indications temporelles se référant au renvoi de chacun des deux personnages.

Le point de vue

5 Quel est le point de vue adopté majoritairement par le narrateur au début de cet extrait (l. 1 à 27) et à la fin (l. 74 à 109) ?

6 Quel est le point de vue adopté dans les lignes 27 à 72 ? Quel est l'effet produit par ce choix ?

Les paroles rapportées

Comme souvent dans *Au bonheur des dames*, le narrateur exploite les différentes possibilités de rapporter les paroles des personnages.

7 **a.** Relevez, dans les lignes 9 à 22, les paroles rapportées au style direct. Qui les prononce ? Comment sont-elles introduites ?
b. Relevez des paroles rapportées au style indirect (l. 9 à 22). Qui parle alors ? Quel effet produit le choix du style indirect ?
c. Comment sont rapportées les paroles de Mouret (l. 88 à 100) ? Pourquoi ce choix ?

Le parcours de Denise et de Mouret

Denise

8 Quelles sont les raisons du renvoi de Denise (aidez-vous également du hors-texte) ?

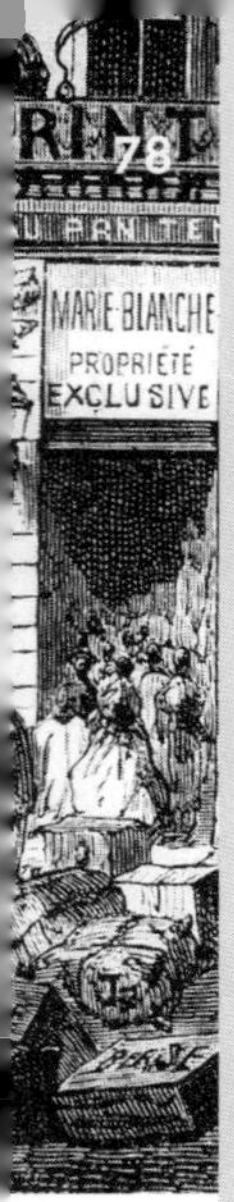

9 Quelles sont les réactions du personnel à l'annonce du renvoi de Denise ? Appuyez-vous précisément sur le texte.

10 **a.** Pour quelle raison Denise accepte-t-elle ce renvoi ?
b. Pour quelle raison ensuite veut-elle aller trouver Mouret ? Pourquoi finalement ne le fait-elle pas ?

Mouret

11 Quelles sont les réactions de Mouret quand il apprend le renvoi de Denise ?

12 **a.** Comment comprenez-vous la phrase de Bourdoncle : « Il vaut mieux pour tout le monde qu'elle soit partie » (l. 104) ? Comment Mouret la comprend-il ? Justifiez votre réponse.
b. Quel est l'effet produit par la dernière réplique de Mouret à la fin de l'extrait ?

Les principes naturalistes

La condition des employés

13 Étudiez comment se font les licenciements à cette époque en répondant aux questions suivantes :
a. Denise peut-elle se défendre quand elle entend « Passez à la caisse » ? Justifiez votre réponse.
b. Que lui paie-t-on quand elle passe à la caisse ?
c. Pourquoi doit-elle faire prendre sa malle ?
d. Quelles sont les modalités du renvoi de Robineau ?

La visée et les hypothèses de lecture

14 Que veut dénoncer Zola dans cet extrait ?

15 Que va-t-il arriver à Denise selon vous ?

Extrait 8

« … la jeune fille connut la misère noire. »

Depuis son renvoi en juillet, Denise loue une petite chambre chez Bourras. Pour économiser le prix de la pension, elle a repris Pépé. Malgré ses recherches, elle n'arrive pas à retrouver une place. « Ce furent d'abord deux mois de terrible gêne ».

Ce fut vers les derniers jours de septembre que la jeune fille connut la misère noire. Pépé était tombé malade, un gros rhume inquiétant. Il aurait fallu le nourrir de bouillon, et elle n'avait pas même de pain. Un soir que, vaincue, elle sanglotait, dans une de ces débâcles sombres qui jettent les filles au ruisseau[1] ou à la Seine[2], le vieux Bourras frappa doucement. Il apportait un pain et une boîte à lait pleine de bouillon.

– Tenez ! voilà pour le petit, dit-il de son air brusque. Ne pleurez pas si fort, ça dérange mes locataires.

Et, comme elle le remerciait, dans une nouvelle crise de larmes :

– Taisez-vous donc !… Demain, venez me parler. J'ai du travail pour vous.

Bourras, depuis le coup terrible que le *Bonheur des Dames* lui avait porté en créant un rayon de parapluies et d'ombrelles, n'employait plus d'ouvrières. Il faisait tout lui-même, pour diminuer ses frais : les nettoyages, les reprises, la couture. Sa clientèle, du reste, diminuait au point qu'il manquait de travail parfois. Aussi dut-il inventer de la besogne, le lendemain, lorsqu'il installa Denise dans un coin de sa boutique. Il ne pouvait pas laisser mourir le monde chez lui.

1. Dans une situation dégradante, à la prostitution. 2. Pour se suicider.

– Vous aurez quarante sous par jour, dit-il. Quand vous trouverez mieux, vous me lâcherez.

Elle avait peur de lui, elle dépêcha son travail si vite, qu'il fut embarrassé pour lui en donner d'autre. C'étaient des lés[3] de soie à coudre, des dentelles à réparer. Les premiers jours, elle n'osait lever la tête, gênée de le sentir autour d'elle, avec sa crinière de vieux lion, son nez crochu et ses yeux perçants, sous les touffes raides de ses sourcils. Il avait la voix dure, les gestes fous, et les mères du quartier terrifiaient leurs marmots en menaçant de l'envoyer chercher, comme on envoie chercher les gendarmes. Cependant, les gamins ne passaient jamais devant sa porte, sans lui crier quelque vilenie[4], qu'il ne semblait même pas entendre. Toute sa colère de maniaque[5] s'exhalait contre les misérables qui déshonoraient son métier, en vendant du bon marché, de la camelote, des articles dont les chiens, disait-il, n'auraient pas voulu se servir.

Denise tremblait, quand il lui criait furieusement :

– L'art est fichu, entendez-vous !… Il n'y a plus un manche propre. On fait des bâtons, mais des manches, c'est fini !… Trouvez-moi un manche, et je vous donne vingt francs.

C'était son orgueil d'artiste, pas un ouvrier à Paris n'était capable d'établir un manche pareil aux siens, léger et solide. Il en sculptait surtout la pomme[6] avec une fantaisie charmante, renouvelant toujours les sujets, des fleurs, des fruits, des animaux, des têtes, traités d'une façon vivante et libre. Un canif lui suffisait, on le voyait les journées entières, le nez chaussé de besicles[7], fouillant le buis[8] ou l'ébène[9].

– Un tas d'ignorants, disait-il, qui se contentent de coller de la soie sur des baleines ! Ils achètent leurs manches à la grosse[10],

3. Bandes de tissu.
4. Parole grossière, injurieuse.
5. Personne poursuivie par une idée fixe, proche de la folie.
6. Extrémité arrondie du manche.
7. Lunettes.
8. Arbuste à feuilles persistantes.
9. Bois de l'ébénier, noir et très dur.
10. Par grosses quantités (douze douzaines).

des manches tout fabriqués… Et ça vend ce que ça veut ! Entendez-vous, l'art est fichu !

Denise, enfin, se rassura. Il avait voulu que Pépé descendît jouer dans la boutique, car il adorait les enfants. Quand le petit marchait à quatre pattes, on ne pouvait plus remuer, elle au fond de son coin faisant des raccommodages, lui, devant la vitrine creusant le bois, à l'aide de son canif. Maintenant, chaque journée ramenait les mêmes besognes et la même conversation. En travaillant, il retombait toujours sur le *Bonheur des Dames*, il expliquait sans se lasser où en était son terrible duel. Depuis 1845, il occupait la maison, pour laquelle il avait un bail de trente années, moyennant un loyer de dix-huit cents francs ; et, comme il rattrapait un millier de francs avec ses quatre chambres garnies, il payait huit cents francs la boutique. C'était peu, il n'avait pas de frais, il pouvait tenir longtemps encore. À l'entendre, sa victoire ne faisait pas un doute, il mangerait le monstre.

Brusquement, il s'interrompait.

– Est-ce qu'ils en ont, des têtes de chien comme ça ?

Et il clignait les yeux derrière ses lunettes, pour juger la tête de dogue qu'il sculptait, la lèvre retroussée, les crocs dehors, dans un grognement plein de vie. Pépé, en extase devant le chien, se soulevait, appuyait ses deux petits bras sur les genoux du vieux.

– Pourvu que je joigne les deux bouts, je me moque du reste, reprenait celui-ci, en attaquant délicatement la langue de la pointe de son canif. Les coquins ont tué mes bénéfices ; mais, si je ne gagne plus, je ne perds pas encore, ou peu de chose du moins. Et, voyez-vous, je suis décidé à y laisser ma peau, plutôt que de céder.

Il brandissait son outil, ses cheveux blancs s'envolaient sous un vent de colère.

[…]

Denise, maintenant, avait du pain tous les jours. Elle en gardait une vive gratitude[11] au vieux marchand, dont elle sentait le bon cœur, sous les étrangetés violentes. Son vif désir était cependant de trouver ailleurs du travail, car elle le voyait inventer de petites besognes, elle comprenait qu'il n'avait pas besoin d'une ouvrière, dans la débâcle de son commerce, et qu'il l'employait par charité pure. Six mois s'étaient passés, on venait de retomber dans la morte-saison d'hiver. Elle désespérait de se caser avant mars, lorsque, un soir de janvier, Deloche, qui la guettait sous une porte, lui donna un conseil. Pourquoi n'allait-elle pas se présenter chez Robineau, où l'on avait peut-être besoin de monde ?

Extraits du chapitre VII.

11. Sentiment de reconnaissance et d'affection envers quelqu'un.

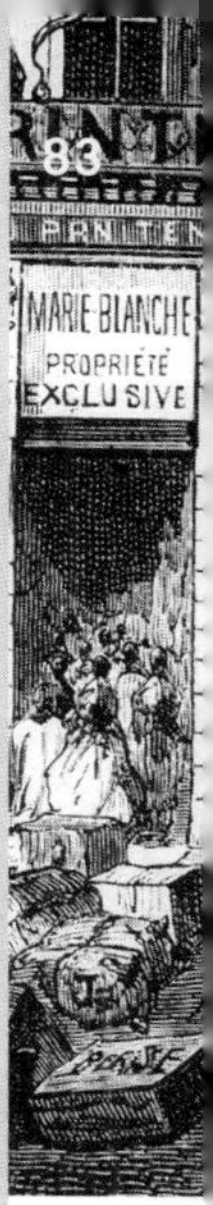

Repérer et analyser

Le cadre temporel

1 **a.** Combien de temps s'est écoulé depuis que Denise a été renvoyée du *Bonheur des Dames* ?
b. Quelle est la seconde période de l'année qui constitue pour le grand magasin une période de morte-saison ?
c. Combien de mois se sont écoulés entre le début et la fin de l'extrait 8 ? Appuyez-vous, pour répondre, sur les indications temporelles.

Un personnage : Bourras

Le point de vue

2 Qui est Bourras ? Montrez en citant le texte que le portrait de Bourras est fait selon deux points de vue :
- celui de Denise, qui évolue avec le temps ;
- celui du narrateur.

Les désignations

> Le nom est un « désignateur » fondamental du personnage. Il peut programmer ce qu'est et ce que fait le personnage.
> Un même personnage peut être, au fil du texte, désigné par différentes expressions ou désignations.
> Le narrateur choisit ces désignations en fonction de l'image qu'il souhaite donner du personnage.

3 **a.** Que peut évoquer le nom propre « Bourras » ?
b. Relevez toutes les expressions qui servent à désigner Bourras. En quoi ces expressions correspondent-elles aux différents aspects du personnage ?

Les caractérisations

4 Quelle image le narrateur donne-t-il de Bourras ?
Pour répondre :
- appuyez-vous sur les mots et expressions qui caractérisent son aspect physique ainsi que sur la métaphore animale ;
- montrez, en vous appuyant sur le texte, qu'il a aussi un bon cœur ;
- dites quelles sont ses qualités d'artisan.

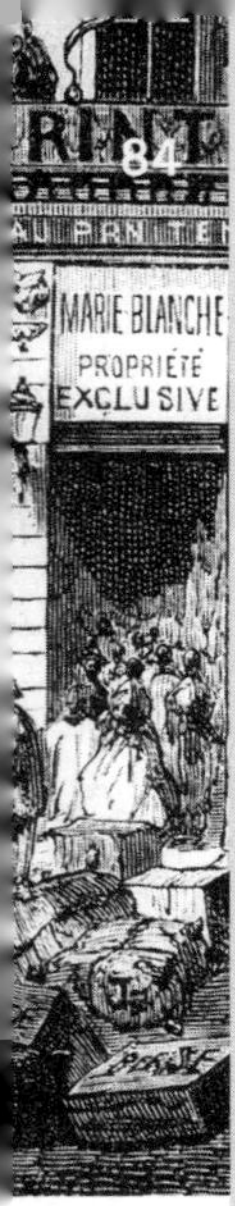

Le parcours de Denise

5 Où Denise loge-t-elle ? Dans quel lieu travaille-t-elle ?

6 **a.** Quelles sont les difficultés rencontrées par Denise durant cette période ?
b. Relevez les expressions qui traduisent sa misère. Quel réconfort a-t-elle trouvé chez Bourras ?

Les principes naturalistes

Les mutations du monde contemporain : petit commerce et grand magasin

7 Montrez que le commerce de Bourras connaît des difficultés.

8 **a.** Quels reproches Bourras adresse-t-il aux parapluies des grands magasins ?
b. Dans son duel avec le *Bonheur des Dames*, qu'est-ce qui lui permet de penser qu'il « mangerait le monstre » ?

La visée et les hypothèses de lecture

9 À la fin de cet extrait, quelle image le lecteur a-t-il de Bourras ? En quoi ce petit commerçant est-il différent de Baudu ?

Écrire

Faire un portrait

10 Faites le portrait d'une personne qui vous semble tout d'abord antipathique. Utilisez un vocabulaire péjoratif et une métaphore animale. Puis racontez une anecdote dans laquelle cette personne se montre sous un meilleur jour.

Extrait 9

« – C'est vous, mademoiselle. »

En janvier, Denise est embauchée chez Robineau qui, après son renvoi, a acheté une boutique avec l'argent de sa femme. Celui-ci engage la lutte avec le Bonheur des Dames *mais il se ruine. À son tour, Bourras engage la lutte en modernisant son magasin, maintenant enserré entre des immeubles appartenant au* Bonheur des Dames. *Il échoue lui aussi.*

Juillet fut très chaud. Denise souffrait dans son étroite chambre, sous les ardoises. Aussi lorsqu'elle sortait de son magasin, prenait-elle Pépé chez Bourras ; et au lieu de monter tout de suite, elle allait respirer un peu au jardin des Tuileries[1], jusqu'à la fermeture des grilles. Un soir, comme elle se dirigeait vers les marronniers, elle resta saisie : à quelques pas, marchant droit à elle, il lui semblait reconnaître Hutin[2]. Puis, son cœur battit violemment. C'était Mouret, qui avait dîné sur la rive gauche et qui se hâtait de se rendre à pied chez Mme Desforges. Au brusque mouvement que fit la jeune fille pour lui échapper, il la regarda. La nuit tombait, il la reconnut pourtant.

– C'est vous, mademoiselle.

Elle ne répondit pas, éperdue[3] qu'il eût daigné s'arrêter. Lui, souriant, cachait sa gêne sous un air d'aimable protection.

– Vous êtes toujours à Paris ?

– Oui, monsieur, dit-elle enfin.

1. Le jardin des Tuileries existe depuis le XVIe siècle en prolongement du Louvre.

2. Voir la liste des personnages, p. 158.

3. Profondément troublée, affolée.

Lentement, elle reculait, elle cherchait à saluer, pour continuer sa promenade. Mais il revint lui-même sur ses pas, il la suivit sous les ombres noires des grands marronniers. Une fraîcheur tombait, des enfants riaient au loin, en poussant des cerceaux.

– C'est votre frère, n'est-ce pas ? demanda-t-il encore, les yeux sur Pépé.

Celui-ci, intimidé par cette présence extraordinaire d'un monsieur, marchait gravement près de sa sœur, dont il tenait la main :

– Oui, monsieur, répondit-elle de nouveau.

Elle avait rougi, elle songeait aux inventions abominables de Marguerite et de Clara. Sous doute, Mouret comprit la cause de sa rougeur, car il ajouta vivement :

– Écoutez, mademoiselle, j'ai des excuses à vous présenter… Oui, j'aurais été heureux de vous dire plus tôt combien j'ai regretté l'erreur qui a été commise. On vous a accusée trop légèrement d'une faute… Enfin, le mal est fait, je voulais seulement vous apprendre que tout le monde, chez nous, connaît aujourd'hui votre tendresse pour vos frères…

Il continua, fut d'une politesse respectueuse, à laquelle les vendeuses du *Bonheur des Dames* n'étaient guère habituées de sa part. Le trouble de Denise avait augmenté ; mais une joie inondait son cœur. Il savait donc qu'elle ne s'était donnée à personne ! Tous deux gardaient le silence, il restait près d'elle, réglant ses pas sur les petits pas de l'enfant ; et les bruits lointains de Paris se mouraient, sous les ombres noires des grands arbres.

– Je n'ai qu'une réhabilitation[4] à vous offrir, mademoiselle, reprit-il. Naturellement, si vous désirez rentrer chez nous…

Elle l'interrompit, elle refusa avec une hâte fébrile[5].

4. Fait de rétablir quelqu'un dans l'estime et la considération d'autrui.

5. Qui manifeste une agitation, une précipitation excessives.

– Monsieur, je ne puis pas… Je vous remercie tout de même, mais j'ai trouvé ailleurs.

Il le savait, on lui avait appris depuis peu qu'elle était chez Robineau[6]. Et, tranquillement, sur un pied d'égalité charmante, il lui parla de ce dernier, auquel il rendait justice : un garçon d'une intelligence vive, trop nerveux seulement. Il aboutirait à une catastrophe, Gaujean[7] l'avait écrasé d'une affaire très lourde, où tous deux resteraient. Alors, Denise, gagnée par cette familiarité, se livra davantage, laissa voir qu'elle était pour les grands magasins, dans la bataille livrée entre ceux-ci et le petit commerce ; elle s'animait, citait des exemples, se montrait au courant de la question, remplie même d'idées larges et nouvelles. Lui, ravi, l'écoutait avec surprise. Il se tournait, tâchait de distinguer ses traits, dans la nuit grandissante. Elle semblait toujours la même, vêtue d'une robe simple, le visage doux ; mais, de cet effacement modeste, montait un parfum pénétrant dont il subissait la puissance. Sans doute, cette petite s'était faite à l'air de Paris, la voilà qui devenait femme, et elle était troublante, si raisonnable, avec ses beaux cheveux, lourds de tendresse.

– Puisque vous êtes des nôtres, dit-il en riant, pourquoi restez-vous chez nos adversaires ?… Ainsi, ne m'a-t-on pas dit également que vous logiez chez ce Bourras ?

– Un bien digne homme, murmura-t-elle.

– Non, laissez donc ! un vieux toqué, un fou qui me forcera à le mettre sur la paille, lorsque je voudrais m'en débarrasser avec une fortune !… D'abord, votre place n'est pas chez lui, sa maison est mal famée[8], il loue à des personnes…

Mais il sentit la jeune fille confuse, il se hâta d'ajouter :

– On peut être honnête partout, et il y a même plus de mérite à l'être, quand on n'est pas riche.

6. Voir la liste des personnages, p. 158.
7. Voir la liste des personnages, p. 158.
8. Qui a mauvaise réputation, qui est fréquentée par des gens peu recommandables.

Ils firent de nouveau quelques pas en silence. Pépé semblait écouter de son air attentif d'enfant précoce[9]. Par moments, il levait les yeux sur sa sœur, dont la main brûlante, secouée de légers tressaillements, l'étonnait :

– Tenez ! reprit gaiement Mouret, voulez-vous être mon ambassadeur ? Demain, j'avais l'intention d'augmenter encore mon offre, de faire proposer à Bourras quatre-vingt mille francs... Parlez-lui-en la première, dites-lui donc qu'il se suicide. Il vous écoutera peut-être, puisqu'il a de l'amitié pour vous, et vous lui rendriez un véritable service.

– Soit ! répondit Denise, souriante elle aussi. Je ferai la commission, mais je doute de réussir.

Et le silence retomba. Ni l'un ni l'autre n'avait plus rien à se dire. Un instant, il essaya de causer de l'oncle Baudu ; puis, il dut se taire, en voyant le malaise de la jeune fille. Cependant, ils continuaient de se promener côte à côte, ils débouchèrent enfin, vers la rue de Rivoli, dans une allée où il faisait jour encore. Au sortir de la nuit des arbres, ce fut comme un brusque réveil. Il comprit qu'il ne pouvait la retenir davantage.

– Bonsoir, mademoiselle.

– Bonsoir, monsieur.

Mais il ne s'en allait pas. En levant les yeux, d'un coup d'œil, il venait d'apercevoir devant lui, au coin de la rue d'Alger, les fenêtres éclairées de Mme Desforges, qui l'attendait. Et il avait reporté ses regards sur Denise, il la voyait bien, dans le pâle crépuscule : elle était toute chétive auprès d'Henriette, pourquoi donc lui chauffait-elle ainsi le cœur ? C'était un caprice imbécile.

– Voici un petit garçon qui se fatigue, reprit-il pour dire encore quelque chose. Et rappelez-vous bien, n'est-ce pas ? que notre maison vous est ouverte. Vous n'aurez qu'à y frapper, je

9. Qui se développe plus tôt que d'habitude, dont le développement intellectuel est très rapide.

vous donnerai toutes les compensations désirables… Bonsoir, mademoiselle.

– Bonsoir, monsieur.

Quand Mouret l'eut quittée, Denise rentra sous les marronniers, dans l'ombre noire. Longtemps, elle marcha sans but, entre les troncs énormes, le sang au visage, la tête bourdonnante d'idées confuses. Pépé, toujours pendu à sa main, allongeait ses courtes jambes pour la suivre. Elle l'oubliait. Il finit par dire :

– Tu vas trop fort, petite mère.

Extrait du chapitre VII.

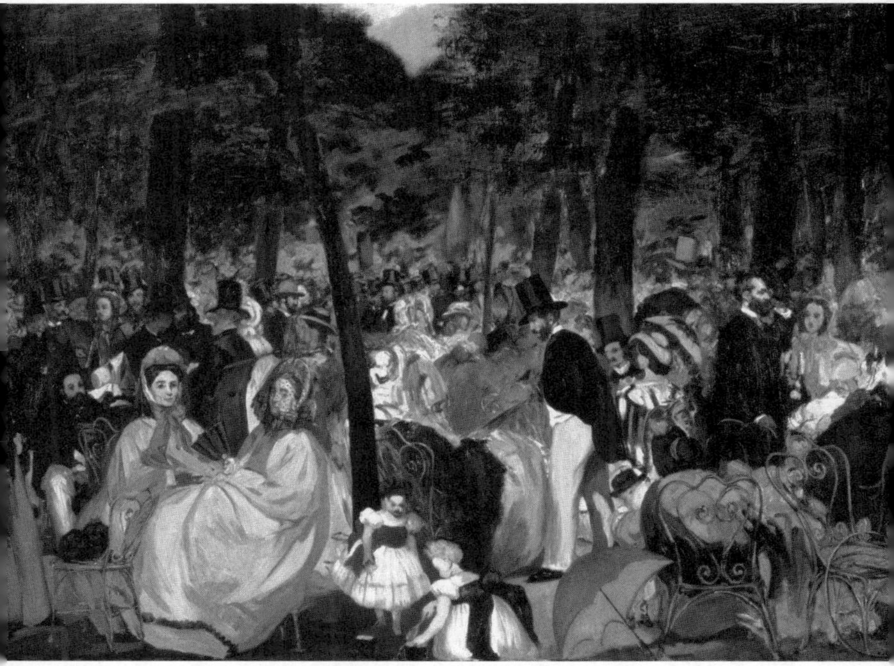

Édouard Manet (1832-1883), *La Musique aux Tuileries*, huile sur toile,1862, Londres, National Gallery.

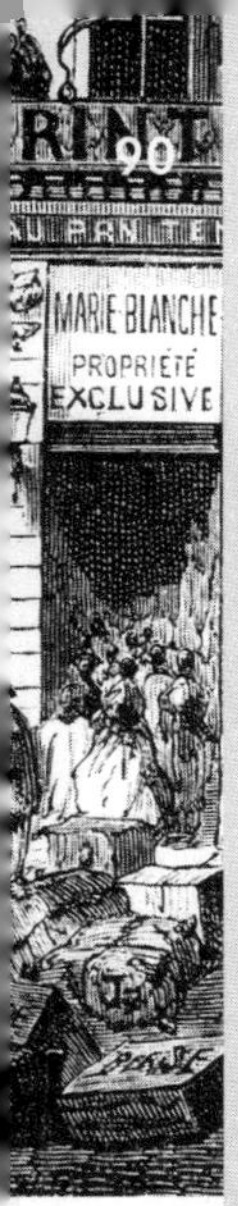

Questions

Repérer et analyser

Le rythme de la narration, le cadre et les personnages

1 En quoi cet extrait présente-t-il une scène ? Délimitez-la en relevant la phrase qui la commence et la phrase qui la clôt.

2 **a.** À quelle époque de l'année la scène se déroule-t-elle ?
b. Dans quel cadre ? Ce cadre est-il réaliste ?
c. En quoi ce cadre est-il exceptionnel dans l'ensemble du roman et favorise-t-il la rencontre ? Appuyez-vous sur les notations qui précisent l'atmosphère et l'éclairage.

3 **a.** Qui sont les personnages présents ?
b. Qui sont les personnages évoqués ? Rappelez leur rôle dans le roman.

Le parcours de Denise et de Mouret

4 Quel est l'état des relations entre Denise et Mouret au moment de cette rencontre ?

5 **a.** Quel personnage aborde l'autre ? Qui parle le plus ?
b. Quels sont les deux thèmes principaux de la conversation ?

6 Quelle position Denise développe-t-elle par rapport aux grands magasins ? Quel effet ces paroles produisent-elles sur Mouret ?

7 Montrez, en citant le texte, que Mouret est attiré par Denise. Analysez le rôle du regard du jeune homme à chaque étape de cette rencontre. Repérez ce qui le séduit chez Denise.

8 Montrez que Denise est également attirée par Mouret. Relevez les expressions qui manifestent son trouble.

9 Mouret est en route pour aller chez sa maîtresse Mme Desforges. Denise soutient-elle la comparaison avec cette femme aux yeux de Mouret ? Justifiez votre réponse.

La visée et les hypothèses de lecture

10 **a.** À quelle place cet extrait se situe-t-il dans le roman ? En quoi marque-t-il un tournant ?
b. Quelles hypothèses le lecteur peut-il émettre quant aux relations à venir de Denise et de Mouret ?

Extrait 10

« Les travaux d'en face... »

Les travaux pour le percement de la rue du Dix-Décembre (voir l'extrait 4) ont commencé. Parallèlement, Mouret a engagé les travaux d'agrandissement de son magasin. Denise va de nouveau rendre visite à la famille Baudu dont la situation empire : les affaires vont mal, Colomban est amoureux de Clara, Geneviève est malade d'anémie et de douleur.

Des mois se passèrent. Denise entrait presque tous les jours égayer un instant Geneviève. Mais la tristesse augmentait chez les Baudu. Les travaux d'en face étaient un continuel tourment qui avivait leur malchance. Même lorsqu'ils avaient une heure d'espoir, une joie inattendue, il suffisait du fracas d'un tombereau[1] de briques, de la scie d'un tailleur de pierres ou du simple appel d'un maçon, pour la leur gâter aussitôt. Tout le quartier, d'ailleurs, en était secoué. De l'enclos de planches longeant et embarrassant les trois rues, sortait un branle d'activité fiévreuse. Bien que l'architecte se servît des constructions existantes, il les ouvrait de toutes parts, pour les aménager ; et, au milieu, dans la trouée des cours, il bâtissait une galerie centrale, vaste comme une église, qui devait déboucher par une porte d'honneur, sur la rue Neuve-Saint-Augustin, au centre de la façade. On avait eu d'abord de grandes difficultés à établir les sous-sols, car on était tombé sur des infiltrations d'égout et sur des terres rapportées, pleines d'ossements humains. Ensuite, le forage du puits avait violemment préoccupé les maisons voisines, un puits de cent mètres, dont le débit devait être de cinq cents litres à la minute.

1. Caisse montée sur deux roues, susceptible d'être déchargée en basculant à l'arrière.

Maintenant, les murs s'élevaient au premier étage ; des échafauds[2], des tours de charpentes, enfermaient l'île[3] entière ; sans arrêt, on entendait le grincement des treuils montant les pierres de taille, le déchargement brusque des planchers de fer, la clameur de ce peuple d'ouvriers, accompagnée du bruit des pioches et des marteaux. Mais, par-dessus tout, ce qui assourdissait les gens, c'était la trépidation des machines ; tout marchait à la vapeur, des sifflements aigus déchiraient l'air ; tandis que, au moindre coup de vent, un nuage de plâtre s'envolait et s'abattait sur les toitures environnantes, ainsi qu'une tombée de neige. Les Baudu désespérés regardaient cette poussière implacable[4] pénétrer partout, traverser les boiseries les mieux closes, salir les étoffes de la boutique, se glisser jusque dans leur lit ; et l'idée qu'ils la respiraient quand même, qu'ils finiraient par en mourir, leur empoisonnait l'existence.

Du reste, la situation allait empirer encore. En septembre, l'architecte, craignant de ne pas être prêt, se décida à faire travailler la nuit. De puissantes lampes électriques[5] furent établies, et le branle ne cessa plus : des équipes se succédaient, les marteaux n'arrêtaient pas, les machines sifflaient continuellement, la clameur toujours aussi haute sembler soulever et semer le plâtre. Alors les Baudu, exaspérés, durent même renoncer à fermer les yeux ; ils étaient secoués dans leur alcôve, les bruits se changeaient en cauchemars, dès que la fatigue les engourdissait. Puis, s'ils se levaient pieds nus, pour calmer leur fièvre, et s'ils venaient soulever un rideau, ils restaient effrayés devant la vision du *Bonheur des Dames* flambant au fond des ténèbres, comme une forge colossale, où se forgeait leur ruine. Au milieu des murs, à moitié construits, troués

2. Échafaudages.
3. Îlot, pâté de maisons.
4. Sans pitié, que rien ne peut arrêter.
5. Avant 1880, seules étaient employées des lampes à arc très puissantes et émettant une lumière bleutée crue, et par là même réservées à l'illumination des places, des chantiers, etc.

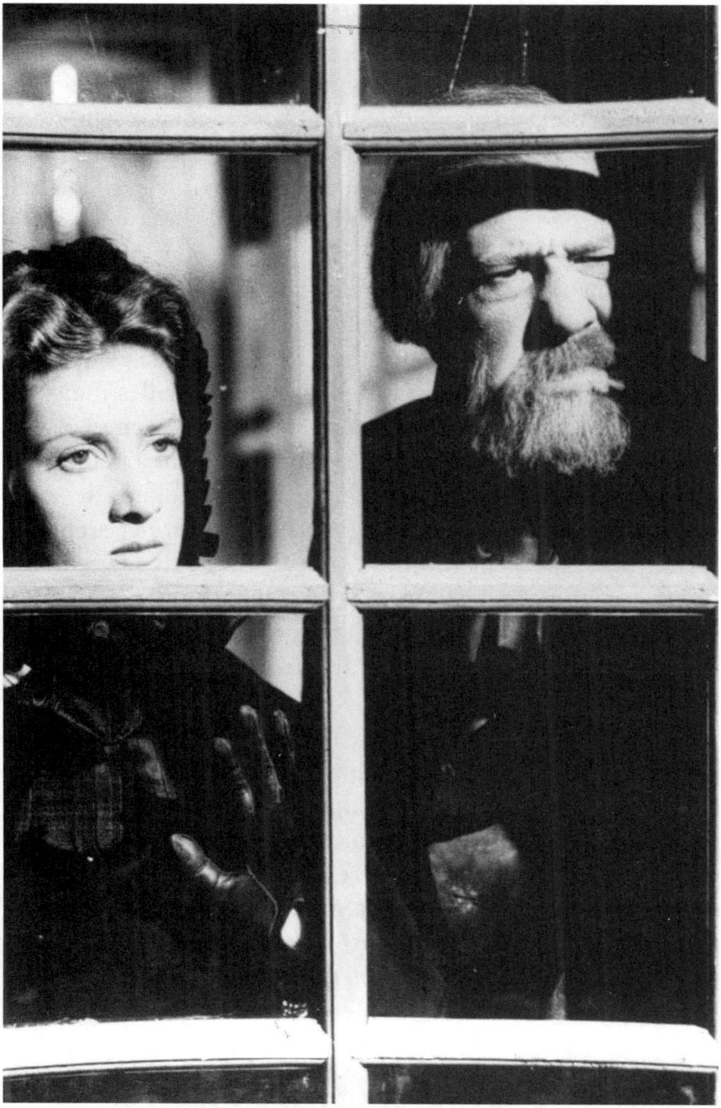

Au bonheur des dames, film d'André Cayatte (1943).
Avec Blanchette Brunoy et Michel Simon.

de baies vides, les lampes électriques jetaient de larges rayons bleus, d'une intensité aveuglante. Deux heures du matin sonnaient, puis trois heures, puis quatre heures. Et, dans le sommeil pénible du quartier, le chantier agrandi par cette clarté lunaire, devenu colossal et fantastique, grouillait d'ombres noires, d'ouvriers retentissants, dont les profils gesticulaient sur la blancheur crue des murailles neuves.

L'oncle Baudu l'avait dit, le petit commerce des rues voisines recevait encore un coup terrible. Chaque fois que le *Bonheur des Dames* créait des rayons nouveaux, c'étaient de nouveaux écroulements, chez les boutiquiers des alentours. Le désastre s'élargissait, on entendait craquer les plus vieilles maisons. Melle Tatin, la lingère du passage Choiseul, venait d'être déclarée en faillite ; Quinette, le gantier, en avait à peine pour six mois ; les fourreurs Vanpouille étaient obligés de sous-louer une partie de leurs magasins ; si Bédoré et sœur, les bonnetiers, tenaient toujours, rue Gaillon, ils mangeaient évidemment les rentes[6] amassées jadis. Et voilà que, maintenant, d'autres ruines allaient s'ajouter à ces ruines prévues depuis longtemps ; le rayon d'articles de Paris[7] menaçait un bimbelotier[8] de la rue Saint-Roch, Deslignières, un gros homme sanguin ; tandis que le rayon de meubles atteignait les Piot et Rivoire, dont les magasins dormaient dans l'ombre du passage Sainte-Anne. On craignait même l'apoplexie[9] pour le bimbelotier, car il ne dérageait[10] pas, en voyant le *Bonheur* afficher les porte-monnaie à trente pour cent de rabais. Les marchands de meubles, plus calmes, affectaient de plaisanter ces calicots[11] qui se mêlaient de vendre des tables et des armoires ; mais des clientes les quittaient déjà, le succès du rayon s'annonçait formidable. C'était fini, il fallait plier

6. Revenus, rentrées d'argent.
7. Petits articles de luxe, bijoux de fantaisie.
8. Vendeur de petits articles, de bibelots.
9. Arrêt brusque des fonctions cérébrales, avec perte de connaissance.
10. Était en rage continuelle (familier).
11. Voir la note 22, p. 23.

l'échine : après ceux-là, d'autres encore seraient balayés, et il n'y avait plus de raison pour que tous les commerces ne fussent tour à tour chassés de leurs comptoirs. Le *Bonheur* seul, un jour, couvrirait le quartier de sa toiture.

À présent, le matin et le soir, lorsque les mille employés entraient et sortaient, ils s'allongeaient en une queue si longue sur la place Gaillon, que le monde s'arrêtait pour les regarder, comme on regarde défiler un régiment. Pendant dix minutes, les trottoirs en étaient encombrés ; et les boutiquiers, devant leurs portes, songeaient à l'unique commis, qu'ils ne savaient déjà comment nourrir. Le dernier inventaire du grand magasin, ce chiffre de quarante millions d'affaires, avait aussi révolutionné le voisinage. Il courait de maison en maison, au milieu de cris de surprise et de colère. Quarante millions ! songeait-on à cela ? Sans doute, le bénéfice net se trouvait au plus de quatre pour cent, avec leurs frais généraux considérables et leur système de bon marché. Mais seize cent mille francs de gain était encore une jolie somme, on pouvait se contenter du quatre pour cent, lorsqu'on opérait sur des capitaux pareils.

Extrait du chapitre VIII.

En février de l'année suivante, Denise rentre au Bonheur des Dames *avec mille francs d'appointements. Deloche lui apprend que Clara est devenue la maîtresse de Mouret. Elle en est troublée.*

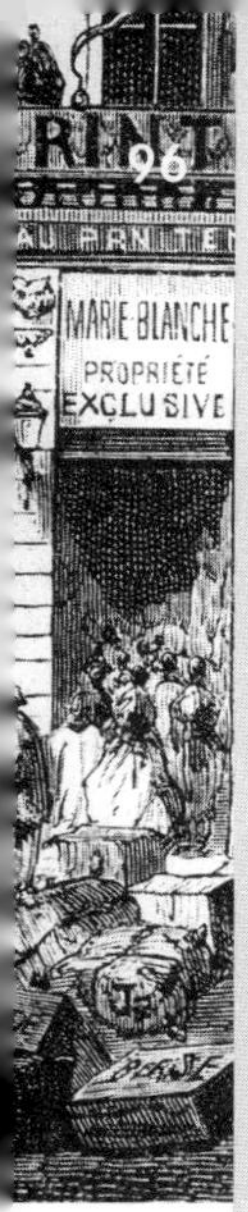

Questions

Repérer et analyser

La progression de l'action et le point de vue

1 Quels types de travaux ont lieu ? Dans quel but ?

2 Montrez, à partir d'exemples précis, que dans l'ensemble de l'extrait le narrateur alterne les points de vue, omniscient et interne (point de vue des habitants) pour évoquer ces travaux.

Le rythme et l'ordre de la narration

3 **a.** Montrez, à partir des indications temporelles, que la réalisation des travaux se fait selon un rythme accéléré.

b. Relevez l'effet d'annonce dans les lignes 74 à 84.

Les principes naturalistes

Les travaux et leurs nuisances

4 **a.** Détaillez les différentes étapes de ces travaux.

b. Quels sont les différents matériaux employés ? En quoi la description de ces travaux est-elle réaliste ?

c. Quel est le temps verbal dominant de ce passage ? Justifiez son emploi.

5 Relisez les lignes 3 à 57.

a. La principale nuisance dont souffre le quartier est le bruit : relevez les termes appartenant à ce champ lexical. Quelles sont les autres nuisances évoquées ?

b. Relevez les indications temporelles qui évoquent l'écoulement des heures. Quel est l'effet produit ?

Petit commerce et grand magasin

6 Quels commerces du quartier sont petit à petit ruinés par le *Bonheur des Dames* ? Pourquoi ? Détaillez la situation du bimbelotier et celle des marchands de meubles.

7 Dans le dernier paragraphe, quels sont les trois chiffres qui montrent le succès du *Bonheur des Dames* ? Rapprochez ces chiffres des déclarations de Mouret au baron Hartmann (voir l'extrait 4). Mouret a-t-il eu raison ?

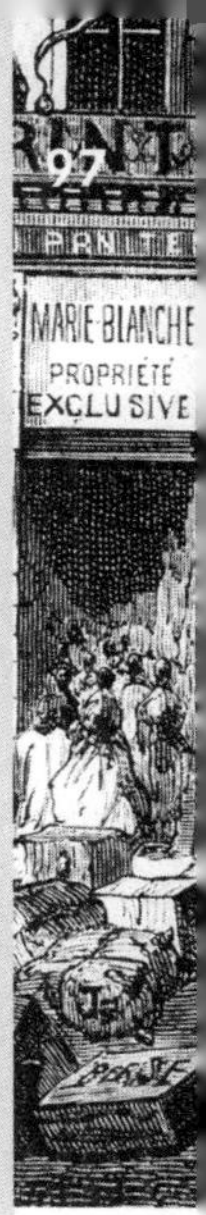

Une vision épique et fantastique

8 En quoi la description de ces travaux relève-t-elle aussi du registre épique ? Pour répondre :
- identifiez et analysez la figure de style « comme une forge colossale, où se forgeait leur ruine » ; montrez notamment, en vous appuyant sur des expressions précises (l. 58 à 84) que la lutte entre le petit commerce et le grand magasin est vécue comme un drame opposant les forces de la vie et les forces de la mort ;
- relevez les expressions et les accumulations verbales qui témoignent de l'activité continuelle.

9 En quoi la description du *Bonheur des Dames* dans les lignes 50 à 57 devient-elle fantastique ? Appuyez-vous sur les jeux d'ombre et de lumière.

La visée

10 Montrez que Zola est partagé entre sa fascination pour le progrès et le grand magasin, et leur condamnation.

Débattre

Petit commerce ou grande surface ?

11 Recherchez des arguments pour défendre l'un de ces deux types de commerces, puis quelques élèves débattront sur le sujet. Les autres élèves seront observateurs et jugeront de la qualité du débat.

Extrait 11

« Mouret se révélait comme un maître sans rival... »

Le lundi 14 mars, c'est l'inauguration des nouveaux magasins. Ce chapitre détaillant la deuxième grande journée de vente (les nouveautés d'été) permet de mesurer l'évolution du magasin et de préciser les méthodes commerciales de Mouret.

Un lundi, quatorze mars, le *Bonheur des Dames* inaugurait ses magasins neufs par la grande exposition des nouveautés d'été, qui devait durer trois jours. Au-dehors, une aigre bise soufflait, les passants, surpris de ce retour d'hiver, filaient vite, en boutonnant leurs paletots. Cependant, toute une émotion fermentait dans les boutiques du voisinage ; et l'on voyait, contre les vitres, les faces pâles des petits commerçants, occupés à compter les premières voitures, qui s'arrêtaient devant la nouvelle porte d'honneur, rue Neuve-Saint-Augustin. Cette porte, haute et profonde comme un porche d'église, surmontée d'un groupe, l'Industrie et le Commerce[1] se donnant la main au milieu d'une complication d'attributs[2], était abritée sous une vaste marquise[3], dont les dorures fraîches semblaient éclairer les trottoirs d'un coup de soleil. À droite, à gauche, les façades, d'une blancheur crue encore, s'allongeaient, faisaient retour sur les rues Monsigny et de la Michodière, occupaient toute l'île, sauf le côté de la rue du Dix-Décembre, où le Crédit Immobilier allait bâtir. Le long de ce développement de caserne, lorsque les petits commerçants levaient

1. Il s'agit d'un groupe de deux statues allégoriques, personnifiant le commerce et l'industrie

2. Emblèmes caractéristiques qui accompagnent une figure mythologique.
3. Auvent vitré au-dessus d'une porte d'entrée pour servir d'abri contre la pluie.

la tête, ils apercevaient l'amoncellement des marchandises, par les glaces sans tain, qui, du rez-de-chaussée au second étage, ouvraient la maison au plein jour. Et ce cube énorme, ce colossal bazar leur bouchait le ciel, leur paraissait être pour quelque chose dans le froid dont ils grelottaient, au fond de leurs comptoirs glacés.

Dès six heures, cependant, Mouret était là, donnant ses derniers ordres. Au centre, dans l'axe de la porte d'honneur, une large galerie allait de bout en bout, flanquée à droite et à gauche de deux galeries plus étroites, la galerie Monsigny et la galerie Michodière. On avait vitré les cours, transformées en halls ; et des escaliers de fer s'élevaient du rez-de-chaussée, des ponts de fer étaient jetés d'un bout à l'autre, aux deux étages. L'architecte, par hasard intelligent, un jeune homme amoureux des temps nouveaux, ne s'était servi de la pierre que pour les sous-sols et les piles d'angle, puis avait monté toute l'ossature en fer[4], des colonnes supportant des poutres et des solives. Les voûtains[5] des planchers, les cloisons des distributions intérieures, étaient en briques. Partout on avait gagné de l'espace, l'air et la lumière entraient librement, le public circulait à l'aise, sous le jet hardi des fermes[6] à longue portée. C'était la cathédrale du commerce moderne, solide et légère, faite pour un peuple de clientes. En bas, dans la galerie centrale, après les soldes de la porte, il y avait les cravates, la ganterie, la soie ; la galerie Monsigny était occupée par le blanc et la rouennerie[7], la galerie Michodière par la mercerie, la bonneterie, la draperie et les lainages. Puis, au

4. Ce type de construction n'a existé qu'à partir de 1880 alors que le roman est censé se dérouler sous le Second Empire (1867 si l'on suit la chronologie du plan détaillé établi par Zola avant la rédaction définitive).
5. Portions de voûte servant de support.
6. Assemblages de pièces de bois ou de métal destinées à porter le faîtage d'un toit.
7. Toile en laine ou en coton, d'abord fabriquée à Rouen, où dominent des couleurs comme le rose, le violet et le rouge et dont les dessins ou les reliefs résultent de la disposition des fils teints avant le tissage.

premier, se trouvaient les confections, la lingerie, les châles, les dentelles, d'autres rayons nouveaux, tandis qu'on avait relégué au second étage la literie, les tapis, les étoffes d'ameublement, tous les articles encombrants et d'un maniement difficile. À cette heure, le nombre des rayons était de trente-neuf, et l'on comptait dix-huit cents employés, dont deux cents femmes. Un monde poussait là, dans la vie sonore des hautes nefs métalliques.

Mouret avait l'unique passion de vaincre la femme. Il la voulait reine dans sa maison, il lui avait bâti ce temple, pour l'y tenir à sa merci. C'était toute sa tactique, la griser d'attentions galantes et trafiquer de ses désirs, exploiter sa fièvre. Aussi, nuit et jour, se creusait-il la tête, à la recherche de trouvailles nouvelles. Déjà, voulant éviter la fatigue des étages aux dames délicates, il avait fait installer deux ascenseurs, capitonnés[8] de velours. Puis, il venait d'ouvrir un buffet, où l'on donnait gratuitement des sirops et des biscuits, et un salon de lecture, une galerie monumentale, décorée avec un luxe trop riche, dans laquelle il risquait même des expositions de tableaux. Mais son idée la plus profonde était, chez la femme sans coquetterie, de conquérir la mère par l'enfant ; il ne perdait aucune force, spéculait sur tous les sentiments[9], créait des rayons pour petits garçons et fillettes, arrêtait les mamans au passage, en offrant aux bébés des images et des ballons. Un trait de génie que cette prime des ballons, distribuée à chaque acheteuse, des ballons rouges, à la fine peau caoutchouc, portant en grosses lettres le nom du magasin, et qui, tenus au bout d'un fil, voyageant en l'air, promenaient par les rues une réclame vivante !

La grande puissance était surtout la publicité, Mouret en arrivait à dépenser par an trois cent mille francs de catalogues,

8. Rembourrés et garnis de compartiments formés par la piqûre sur la surface du tissu.

9. Comptait dessus pour obtenir quelque chose.

d'annonces et d'affiches. Pour sa mise en vente des nouveautés d'été, il avait lancé deux cent mille catalogues, dont cinquante mille à l'étranger, traduits dans toutes les langues. Maintenant, il les faisait illustrer de gravures, il les accompagnait même d'échantillons, collés sur les feuilles. C'était un débordement d'étalages, le *Bonheur des Dames* sautait aux yeux du monde entier, envahissait les murailles, les journaux, jusqu'aux rideaux des théâtres. Il professait que la femme est sans force contre la réclame, qu'elle finit fatalement par aller au bruit. Du reste, il lui tendait des pièges plus savants, il l'analysait en grand moraliste. Ainsi, il avait découvert qu'elle ne résistait pas au bon marché, qu'elle achetait sans besoin, quand elle croyait conclure une affaire avantageuse ; et, sur cette observation, il basait son système des diminutions de prix, il baissait progressivement les articles non vendus, préférant les vendre à perte, fidèle au principe du renouvellement rapide des marchandises. Puis, il avait pénétré plus avant encore dans le cœur de la femme, il venait d'imaginer « les rendus », un chef-d'œuvre de séduction jésuitique[10]. « Prenez toujours, madame : vous nous rendrez l'article, s'il cesse de vous plaire. » Et la femme, qui résistait, trouvait là une dernière excuse, la possibilité de revenir sur une folie : elle prenait, la conscience en règle. Maintenant, les rendus et la baisse des prix entraient dans le fonctionnement classique du nouveau commerce.

Mais où Mouret se révélait comme un maître sans rival, c'était dans l'aménagement intérieur des magasins. Il posait en loi que pas un coin du *Bonheur des Dames* ne devait rester désert ; partout, il exigeait du bruit, de la foule, de la vie ; car la vie, disait-il, attire la vie, enfante et pullule[11]. De cette loi, il tirait toutes sortes d'applications. D'abord, on devait

10. Jésuitique est ici synonyme d'hypocrite puisque Mouret sait que peu de clientes vont rendre leurs achats.
11. Se développe en grand nombre.

s'écraser pour entrer, il fallait que, de la rue, on crût à une émeute ; et il obtenait cet écrasement, en mettant sous la porte les soldes, des casiers et des corbeilles débordant d'articles à vil prix ; si bien que le menu peuple s'amassait, barrait le seuil, faisait penser que les magasins craquaient de monde, lorsque souvent ils n'étaient qu'à demi pleins. Ensuite, le long des galeries, il avait l'art de dissimuler les rayons qui chômaient, par exemple les châles en été et les indiennes[12] en hiver ; il les entourait de rayons vivants, les noyait dans du vacarme. Lui seul avait encore imaginé de placer au deuxième étage les comptoirs des tapis et des meubles, des comptoirs où les clientes étaient plus rares, et dont la présence au rez-de-chaussée aurait creusé des trous vides et froids. S'il en avait découvert le moyen, il aurait fait passer la rue au travers de sa maison.

Justement, Mouret se trouvait en proie à une crise d'inspiration. Le samedi soir, comme il donnait un dernier coup d'œil aux préparatifs de la grande vente du lundi, dont on s'occupait depuis un mois, il avait eu la conscience soudaine que le classement des rayons adopté par lui était inepte[13]. C'était pourtant un classement d'une logique absolue, les tissus d'un côté, les objets confectionnés de l'autre, un ordre intelligent qui devait permettre aux clientes de se diriger elles-mêmes. Il avait rêvé cet ordre autrefois, dans le fouillis de l'étroite boutique de Mme Hédouin ; et voilà qu'il se sentait ébranlé, le jour où il le réalisait. Brusquement, il s'était écrié qu'il fallait « lui casser tout ça ». On avait quarante-huit heures, il s'agissait de déménager une partie des magasins. Le personnel, effaré, bousculé, avait dû passer les deux nuits et la journée entière du dimanche, au milieu d'un gâchis épouvantable. Même le lundi matin, une heure avant l'ouverture, des marchandises ne se trouvaient pas encore en place.

12. Étoffes de coton peintes ou imprimées.
13. Stupide.

Certainement, le patron devenait fou, personne ne comprenait, c'était une consternation[14] générale.

– Allons, dépêchons ! criait Mouret, avec la tranquille assurance de son génie. Voici encore des costumes qu'il faut me porter là-haut... Et le Japon[15] est-il installé sur le palier central ?... Un dernier effort, mes enfants, vous verrez la vente tout à l'heure !

Bourdoncle, lui aussi, était là depuis le petit jour. Pas plus que les autres, il ne comprenait, et ses regards suivaient le directeur d'un air d'inquiétude. Il n'osait lui poser des questions, sachant de quelle manière on était reçu, dans ces moments de crise. Pourtant, il se décida, il demanda doucement :

– Est-ce qu'il était bien nécessaire de tout bouleverser ainsi, à la veille de notre exposition ?

D'abord, Mouret haussa les épaules, sans répondre. Puis, comme l'autre se permit d'insister, il éclata.

– Pour que les clientes se tassent toutes dans le même coin, n'est-ce pas ? Une jolie idée de géomètre que j'avais eue là ! Je ne m'en serais jamais consolé... Comprenez donc que je localisais la foule. Une femme entrait, allait droit où elle voulait aller, passait du jupon à la robe, de la robe au manteau, puis se retirait, sans même s'être un peu perdue !... Pas une n'aurait seulement vu nos magasins !

– Mais, fit remarquer Bourdoncle, maintenant que vous avez tout brouillé et tout jeté aux quatre coins, les employés useront leurs jambes, à conduire les acheteuses de rayon en rayon.

Mouret eut un geste superbe.

– Ce que je m'en fiche ! Ils sont jeunes, ça les fera grandir... Et tant mieux, s'ils se promènent ! Ils auront l'air plus nombreux, ils augmenteront la foule. Qu'on s'écrase, tout ira bien !

14. État de tristesse et de grand découragement provoqué par une mauvaise nouvelle ou un spectacle affligeant.
15. Marchandises venues du Japon, porcelaines.

Il riait, il daigna expliquer son idée, en baissant la voix :

– Tenez ! Bourdoncle, écoutez les résultats… Premièrement, ce va-et-vient continuel de clientes les disperse un peu partout, les multiplie et leur fait perdre la tête ; secondement, comme il faut qu'on les conduise d'un bout des magasins à l'autre, si elles désirent par exemple la doublure après avoir acheté la robe, ces voyages en tous sens triplent pour elles la grandeur de la maison ; troisièmement, elles sont forcées de traverser des rayons où elles n'auraient pas mis les pieds, des tentations les y accrochent au passage, et elles succombent ; quatrièmement…

Bourdoncle riait avec lui. Alors, Mouret, enchanté, s'arrêta, pour crier aux garçons :

– Très bien, mes enfants ! Maintenant, un coup de balai, et voilà qui est beau !

Extrait du chapitre IX.

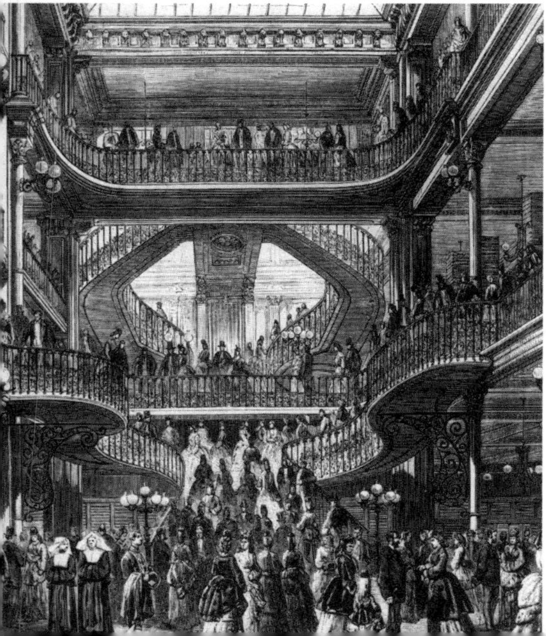

Le grand escalier des magasins du *Bon Marché*, vers 1870. Gravure de Karl Fichot.

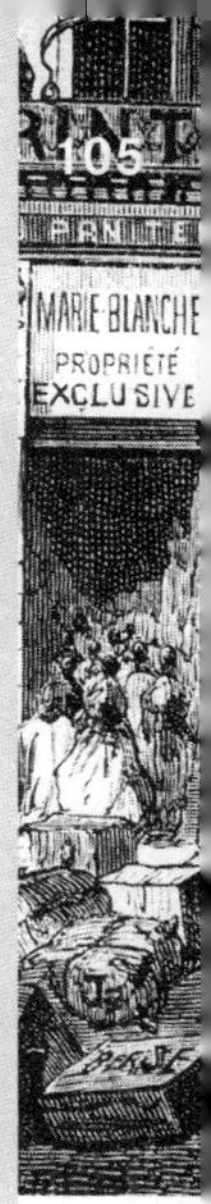

Repérer et analyser

La progression de l'action et le point de vue

1 Quel est l'événement annoncé dans les premières lignes ?

2 Relisez les lignes 5 à 9 et 18 à 25 : qui regarde ? Qu'est-ce qui est au centre des regards ?

La description du magasin

3 **a.** Recopiez le plan de la page 13 et situez les transformations décrites.

b. Relevez les métaphores et comparaisons religieuses. Quelle image est ainsi donnée du commerce ?

c. Qu'est-ce qui, dans l'architecture même, peut faire penser à une cathédrale ?

4 Indiquez les caractéristiques de la modernité de la construction.

Le personnage de Mouret : le parcours professionnel

5 Faites la liste des différentes techniques commerciales inventées par Mouret pour vendre davantage. Pourquoi trouve-t-il soudain que « le classement des rayons adopté par lui était inepte » ? Que décide-t-il alors ? Comment justifie-t-il cette décision ?

6 Relevez les expressions qui montrent que Mouret est : un fin connaisseur de la nature féminine ; un génie commercial ; un patron absolu.

La visée

7 En quoi le narrateur donne-t-il de Mouret une image positive ? Cette vision est-elle totalement élogieuse ?

Étudier la langue

Le lexique du commerce

8 Quelle différence faites-vous entre commerce, négoce, trafic et troc ?

9 **a.** Définissez le mot « commerce » dans les expressions suivantes en les employant dans une phrase qui éclairera leur sens : tenir un

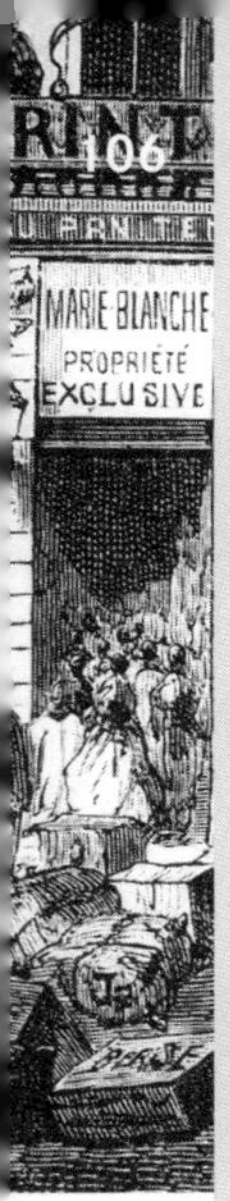

commerce, être dans le commerce, être de bon commerce, fuir le commerce des hommes, une chambre de commerce, la liberté de commerce, commerce en gros, avoir la bosse du commerce…

b. Expliquez le sens du mot « marché » dans les expressions suivantes : marché aux fleurs, une étude de marché, le marché noir, conclure un marché, un marché léonin, par-dessus le marché, faire bon marché de sa réputation, en être quitte à bon marché, vendre bon marché, le marché commun européen…

c. Donnez le sens du mot « chaland » et trouvez des mots de la même famille.

Les métiers du commerce

10 Parmi les métiers suivants, quels sont ceux qui concernent la vente, avant la vente, après la vente : vendeur, représentant, correspondant, livreur, transporteur, grossiste, caissier, emballeur…

Se documenter

L'architecture des années 1880

Caractérisée par l'emploi du fer et du verre, elle a permis l'édification de bâtiments grandioses destinés à abriter un grand magasin, une gare, une banque, le siège social d'une entreprise florissante… ou parfois le simple pavillon d'une exposition universelle. Bien des témoins de cette architecture spectaculaire sont encore debout aujourd'hui.

11 Si vous habitez une grande ville, amusez-vous à les retrouver.

Débattre

Client roi ou client piégé ?

12 Quels sont les moyens utilisés aujourd'hui par la grande distribution pour attirer la clientèle ? Quelles sont les opérations publicitaires mises en œuvre pour influer sur les habitudes de consommation ? En quoi les trouvailles de Mouret sont-elles encore actuelles ? Le client peut-il, selon vous, tirer bénéfice de ces opérations ?

Extrait 12

« C'était la recette de la journée, la plus forte que le *Bonheur* eût encore faite. »

Au cours de la journée, la clientèle a afflué, séduite par les nouveaux aménagements et les services proposés.

Et, à cette heure dernière, au milieu de cet air surchauffé, les femmes régnaient. Elles avaient pris d'assaut les magasins, elles y campaient comme en pays conquis, ainsi qu'une horde[1] envahissante, installée dans la débâcle des marchandises. Les vendeurs, assourdis, brisés, n'étaient plus que leurs choses, dont elles disposaient avec une tyrannie de souveraines. De grosses dames bousculaient le monde. Les plus minces tenaient de la place, devenaient arrogantes. Toutes, la tête haute, les gestes brusques, étaient chez elles, sans politesse les unes pour les autres, usant de la maison tant qu'elles pouvaient, jusqu'à en emporter la poussière des murs. Mme Bourdelais, désireuse de rattraper ses dépenses, avait de nouveau conduit ses trois enfants au buffet ; maintenant, la clientèle s'y ruait dans une rage d'appétit, les mères elles-mêmes s'y gorgeaient de malaga[2] ; on avait bu, depuis l'ouverture, quatre-vingts litres de sirop et soixante-dix bouteilles de vin. Après avoir acheté son manteau de voyage, Mme Desforges s'était fait offrir des images à la caisse ; et elle partait en songeant au moyen de tenir Denise chez elle, où elle l'humilierait en présence de Mouret lui-même, pour voir leur figure et tirer d'eux une

1. Tribu nomade, indisciplinée.
2. Vin liquoreux fait avec le raisin de la région de Malaga (Espagne) cueilli très mûr.

certitude. Enfin, pendant que M. de Boves réussissait à se perdre dans la foule et à disparaître avec Mme Guibal, Mme de Boves, suivie de Blanche et de Vallagnosc, avait eu le caprice de demander un ballon rouge, bien qu'elle n'eût rien acheté. C'était toujours cela, elle ne s'en irait pas les mains vides, elle se ferait une amie de la petite fille de son concierge. Au comptoir de distribution, on entamait le quarantième mille : quarante mille ballons rouges qui avaient pris leur vol dans l'air chaud des magasins, toute une nuée de ballons rouges qui flottaient à cette heure d'un bout à l'autre de Paris, portant au ciel le nom du *Bonheur des Dames* !

Cinq heures sonnèrent. De toutes ces dames, Mme Marty demeurait seule avec sa fille, dans la crise finale de la vente. Elle ne pouvait s'en détacher, lasse à mourir, retenue par des liens si forts, qu'elle revenait toujours sur ses pas, sans besoin, battant les rayons de sa curiosité inassouvie. C'était l'heure où la cohue, fouettée de réclames, achevait de se détraquer ; les soixante mille francs d'annonces payés aux journaux, les dix mille affiches collées sur les murs, les deux cent mille catalogues lancés dans la circulation, après avoir vidé les bourses, laissaient à ces nerfs de femmes l'ébranlement de leur ivresse ; et elles restaient secouées encore de toutes les inventions de Mouret, la baisse des prix, les rendus, les galanteries sans cesse renaissantes. Mme Marty s'attardait devant les tables de proposition[3], parmi les appels enroués des vendeurs, dans le bruit d'or des caisses et le roulement des paquets tombant aux sous-sols ; elle traversait une fois de plus le rez-de-chaussée, le blanc, la soie, la ganterie, les lainages ; puis, elle remontait, s'abandonnait à la vibration métallique des escaliers suspendus et des ponts volants, retournait aux confections, à la lingerie,

3. Tables de démonstration : « des vendeurs spéciaux, des Parisiens fainéants et blagueurs » (selon le début du chapitre) font l'article pour écouler des « petits objets de camelote ».

aux dentelles, poussait jusqu'au second étage, dans les hauteurs de la literie et des meubles ; et, partout, les commis, Hutin et Favier, Mignot et Liénard, Deloche, Pauline, Denise, les jambes mortes, donnaient un coup de force, arrachaient des victoires à la fièvre dernière des clientes. Cette fièvre, depuis le matin, avait grandi peu à peu, comme la griserie même qui se dégageait des étoffes remuées. La foule flambait sous l'incendie du soleil de cinq heures. Maintenant, Mme Marty avait la face animée et nerveuse d'une enfant qui a bu du vin pur. Entrée les yeux clairs, la peau fraîche du froid de la rue, elle s'était lentement brûlé la vue et le teint, au spectacle de ce luxe, de ces couleurs violentes, dont le galop continu irritait sa passion. Lorsqu'elle partit enfin, après avoir dit qu'elle paierait chez elle, terrifiée par le chiffre de sa facture, elle avait les traits tirés, les yeux élargis d'une malade. Il lui fallut se battre pour se dégager de l'écrasement obstiné de la porte ; on s'y tuait, au milieu du massacre des soldes. Puis, sur le trottoir, quand elle eut retrouvé sa fille qu'elle avait perdue, elle frissonna à l'air vif, elle demeura effarée, dans le détraquement de cette névrose[4] des grands bazars.

Le soir, comme Denise revenait de dîner, un garçon l'appela.

– Mademoiselle, on vous demande à la direction.

Elle oubliait l'ordre que Mouret lui avait donné, le matin, de passer à son cabinet, après la vente. Il l'attendait debout. En entrant, elle ne repoussa pas la porte, qui resta ouverte.

– Nous sommes contents de vous, mademoiselle, dit-il, et nous avons songé à vous témoigner notre satisfaction... Vous savez de quelle indigne manière Mme Frédéric nous a quittés[5]. Dès demain, vous la remplacerez comme seconde.

Denise l'écoutait, immobile de saisissement. Elle murmura, la voix tremblante :

4. Forme légère de maladie mentale, qui aboutit à des troubles du comportement.

5. La seconde du rayon des confections est partie la veille sans explication.

– Mais, monsieur, il y a des vendeuses beaucoup plus anciennes que moi au rayon.

– Eh bien ? qu'est-ce que cela fait ? reprit-il. Vous êtes la plus capable, la plus sérieuse. Je vous choisis, c'est bien naturel… N'êtes-vous pas satisfaite ?

Alors, elle rougit. C'était, en elle, un bonheur et un embarras délicieux, où son premier effroi se fondait. Pourquoi donc avait-elle songé d'abord aux suppositions dont on allait accueillir cette faveur inespérée ? Et elle demeurait confuse, malgré l'élan de sa reconnaissance. Lui, la regardait en souriant, dans sa robe de soie toute simple, sans un bijou, n'ayant que le luxe de sa royale chevelure blonde. Elle s'était affinée, la peau blanche, l'air délicat et grave. Son insignifiance chétive d'autrefois devenait un charme d'une discrétion pénétrante.

– Vous êtes bien bon, monsieur, balbutia-t-elle. Je ne sais comment vous dire…

Mais elle eut la voix coupée. Dans le cadre de la porte, Lhomme était debout. Il tenait de sa bonne main une grande sacoche de cuir, et son bras mutilé serrait contre sa poitrine un portefeuille énorme ; tandis que, derrière son dos, son fils Albert portait une charge de sacs, qui lui cassait les membres.

– Cinq cent quatre-vingt-sept mille, deux cent dix francs, trente centimes ! cria le caissier dont la face molle et usée semblait s'éclairer d'un coup de soleil, au reflet d'une pareille somme.

C'était la recette de la journée, la plus forte que le *Bonheur* eût encore faite. Au loin, dans les profondeurs des magasins, que Lhomme venait de traverser lentement, de la marche pesante d'un bœuf trop chargé, on entendait le brouhaha, le remous de surprise et de joie, laissé par cette recette géante qui passait.

– Mais c'est superbe ! dit Mouret enchanté. Mon brave Lhomme, mettez ça là, reposez-vous, car vous n'en pouvez plus. Je vais faire porter cet argent à la caisse centrale... Oui, oui, tout sur mon bureau. Je veux voir le tas.

Il avait une gaieté d'enfant. Le caissier et son fils se déchargèrent. La sacoche eut une claire sonnerie d'or, deux des sacs en crevant lâchèrent des coulées d'argent et de cuivre, tandis que, du portefeuille, sortaient des coins de billets de banque. Tout un bout du grand bureau fut couvert, c'était comme l'écroulement d'une fortune, ramassée en dix heures.

Lorsque Lhomme et Albert se furent retirés, en s'épongeant le visage, Mouret demeura un moment immobile, perdu, les yeux sur l'argent. Puis, ayant levé la tête, il aperçut Denise qui s'était écartée. Alors, il se remit à sourire, il la força de s'avancer, finit par dire qu'il lui donnerait ce qu'elle pourrait prendre dans une poignée ; et il y avait un marché d'amour, au fond de sa plaisanterie.

– Tenez ! dans la sacoche, je parie pour moins de mille francs, votre main est si petite !

Mais elle se recula encore. Il l'aimait donc ? Brusquement, elle comprenait, elle sentait la flamme croissante du coup de désir dont il l'enveloppait, depuis qu'elle était de retour aux confections. Ce qui la bouleversait davantage, c'était de sentir son cœur battre à se rompre. Pourquoi la blessait-il avec tout cet argent, lorsqu'elle débordait de gratitude et qu'il l'eût fait défaillir d'une seule parole amie ? Il se rapprochait, en continuant de plaisanter, lorsque, à son grand mécontentement, Bourdoncle parut, sous le prétexte de lui apprendre le chiffre des entrées, l'énorme chiffre de soixante-dix mille clientes, venues au *Bonheur* ce jour-là. Et elle se hâta de sortir, après avoir remercié de nouveau.

Extrait du chapitre IX.

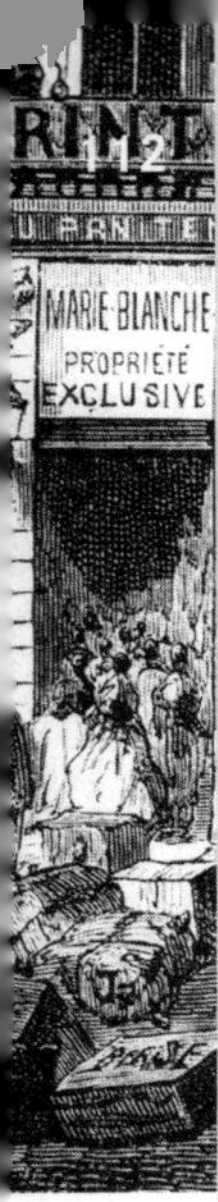

Questions

Repérer et analyser

Le cadre

1 Dans quels lieux successifs l'action se déroule-t-elle ? En quoi ces lieux s'opposent-ils ?

2 Rappelez quel est l'événement commercial qui a marqué la journée (voir l'extrait 11, p. 98).

3 Quel est le moment de la journée évoqué dans cet extrait ?

Les personnages

Les clientes

4 **a.** Relevez les mots et expressions qui appartiennent au champ lexical de la bataille et au champ lexical de la domination dans les lignes 1 à 70. Analysez la métaphore et la comparaison qui évoquent le comportement des clientes.

b. Montrez qu'en cette fin de journée, la clientèle ne respecte plus les conventions de la politesse et de la bonne tenue (l. 6 à 26).

c. L'hyperbole

> L'hyperbole est une figure de style qui consiste à exagérer la réalité de façon à frapper l'imagination.

« Usant de la maison [...] la poussière des murs. » (l. 10-11). Identifiez l'hyperbole. Que signifie-t-elle ?

5 **a.** Qui sont les acheteuses ? Quels sont leurs comportements respectifs ?

b. Que signifie l'expression la « névrose des grands bazars ». Quelle cliente en est atteinte ? Quels sont les signes de cette maladie ?

La construction du roman

Les scènes parallèles

> Pour souligner l'ascension de Mouret et du magasin, Zola a construit des scènes parallèles en gradation. Ces scènes se déroulent dans les mêmes lieux et en présence des mêmes personnages. Ainsi, les chapitres 4, 9 et 14 présentent trois grandes ventes de plus en plus importantes.

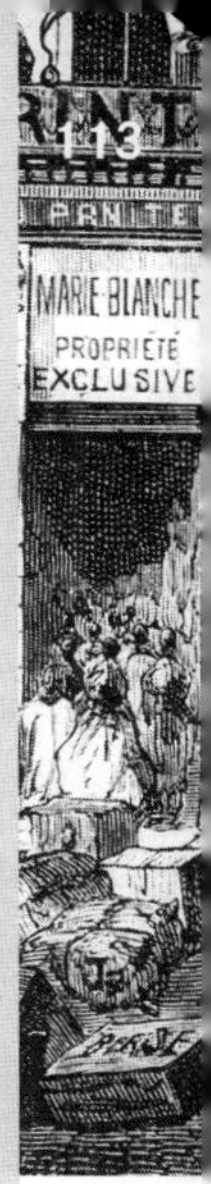

6 Comparez l'arrivée de la recette de cette journée de mise en vente des nouveautés d'été (l. 98 à 125) avec celle de la mise en vente des nouveautés d'hiver (extrait 5, p. 58-59, l. 189 à 208). Appuyez-vous sur les lieux, les personnages en présence, leur attitude, les réactions de l'ensemble du personnel, le chiffre de la recette et la manière dont elle est apportée.

Le parcours de Denise et de Mouret

7 **a.** En quoi cette journée est-elle une réussite pour Mouret ? Appuyez-vous sur les chiffres.
b. Quels sentiments éprouve-t-il lorsque le caissier décharge la sacoche d'argent sur son bureau ? En combien de temps cette fortune a-t-elle été amassée ?

8 **a.** Pourquoi Mouret a-t-il convoqué Denise dans son bureau ?
b. Quel regard porte-t-il sur elle ? Citez le texte. En quoi Denise a-t-elle changé ?

9 Pour quelle raison Mouret veut-il donner à Denise une part de la recette ? Quel marché implicite lui propose-t-il ?

10 **a.** Quelles réactions Denise a-t-elle, d'abord devant la nomination à sa nouvelle fonction, puis quand elle comprend le sens des gestes de Mouret ? Relevez le passage au style indirect libre dans lequel le narrateur restitue ses pensées.
b. « gratitude » (l. 137), « parole amie » (l. 138) : à quelles valeurs Denise est-elle attachée ?

La visée et les hypothèses de lecture

11 Quelle image Zola donne-t-il des acheteuses ?

12 **a.** Quel est l'intérêt de ce passage dans l'évolution des sentiments de Mouret et de Denise ?
b. À quelle suite le lecteur peut-il s'attendre ?

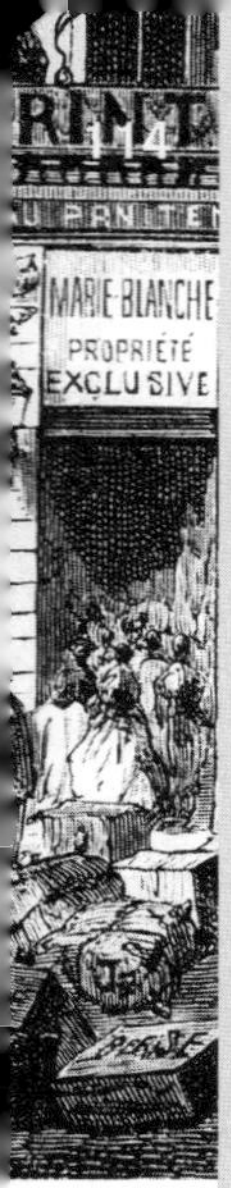

Se documenter

Le buffet public

Voici quelques notes prises par Zola sur le *Bon Marché* :

« Des garçons de magasin versent des sirops, du bordeaux ou du madère. Aux deux bouts, une fontaine. Comme il y avait des bousculades terribles les jours de foule, on a fait établir une barrière comme au théâtre, pour maintenir la queue. Cordon de velours rouge. Des habituées, les enfants gorgés de sirop. Des femmes qui profitent et s'empiffrent, gâteaux, biscuits. Trente-cinq litres de sirop les jours ordinaires, quatre-vingt-cinq litres de sirop et vingt bouteilles de bordeaux les jours de foule. De sept à huit vols par jour. »

Émile Zola.

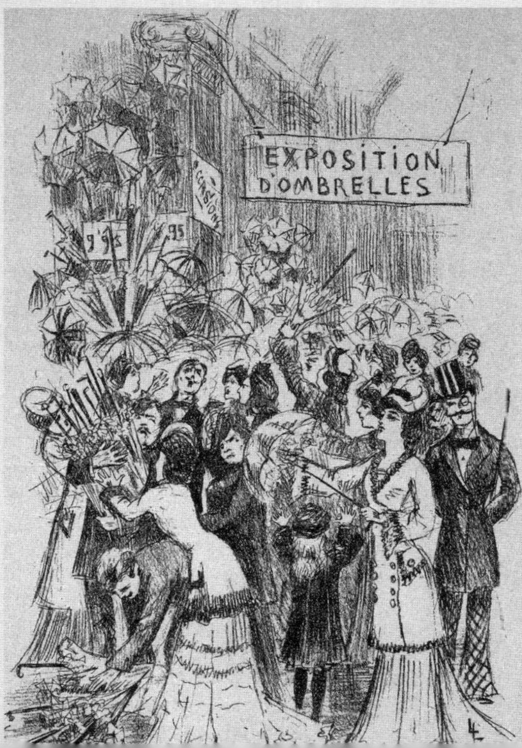

Illustration anonyme, fin XIXe siècle.

Extrait 13

« Elle l'aimait... »

Le premier dimanche d'août, on faisait l'inventaire, qui devait être terminé le soir même. Dès le matin, comme un jour de semaine, tous les employés étaient à leur poste, et la besogne avait commencé, les portes closes, dans les magasins vides de clientes.

Denise n'était pas descendue à huit heures, avec les autres vendeuses. Retenue depuis le jeudi dans sa chambre, par une entorse prise en montant aux ateliers, elle allait enfin beaucoup mieux ; mais, comme Mme Aurélie la gâtait, elle ne se hâtait pas, achevait de se chausser avec peine, résolue cependant à se montrer au rayon.

[...]

Doucement, elle continuait de s'essayer à marcher, en se promettant de se coucher de bonne heure, afin de reposer sa jambe, lorsque la surveillante, Mme Cabin, frappa et lui donna une lettre, d'un air de mystère.

La porte refermée, Denise, étonnée du sourire discret de cette femme, ouvrit la lettre. Elle se laissa tomber sur une chaise : c'était une lettre de Mouret, où il se disait heureux de son rétablissement et la priait de descendre le soir dîner avec lui, puisqu'elle ne pouvait sortir. Le ton de ce billet, à la fois familier et paternel, n'avait rien de blessant ; mais il lui était impossible de se méprendre, le *Bonheur* connaissait bien la signification vraie de ces invitations, une légende courait là-dessus : Clara avait dîné, d'autres aussi, toutes celles que le patron remarquait. Après le dîner, comme disaient les commis farceurs, il y avait le dessert. Et les joues blanches de la jeune fille étaient peu à peu envahies par un flot de sang.

Alors, la lettre glissée entre les genoux, le cœur battant à coups profonds, Denise resta les yeux fixés sur la lumière aveuglante d'une des fenêtres. C'était un aveu qu'elle avait dû se faire, dans cette chambre même, aux heures d'insomnie : si elle tremblait encore quand il passait, elle savait maintenant que ce n'était pas de crainte ; et son malaise d'autrefois, son ancienne peur ne pouvait être que l'ignorance effarée de l'amour, le trouble de ses tendresses naissantes, dans sa sauvagerie d'enfant. Elle ne raisonnait pas, elle sentait seulement qu'elle l'avait toujours aimé, depuis l'heure où elle avait frémi et balbutié devant lui. Elle l'aimait lorsqu'elle le redoutait comme un maître sans pitié, elle l'aimait lorsque son cœur éperdu rêvait de Hutin, inconscient, cédant à un besoin d'affection. Peut-être se serait-elle donnée à un autre, mais jamais elle n'avait aimé que cet homme dont un regard la terrifiait. Et tout le passé revivait, se déroulait dans la clarté de la fenêtre : les sévérités des premiers temps, cette promenade si douce sous les ombrages noirs des Tuileries, enfin les désirs dont il l'effleurait depuis l'heure où elle était rentrée. La lettre glissa jusqu'à terre, Denise regardait toujours la fenêtre, dont le plein soleil l'éblouissait.

Extraits du chapitre X.

Denise refuse l'invitation de son patron : elle ne veut pas devenir sa maîtresse.

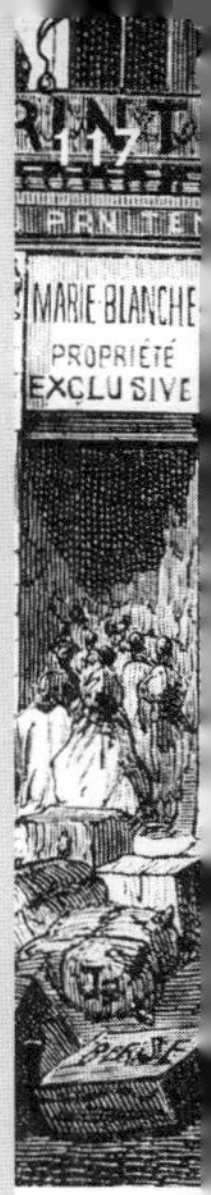

Repérer et analyser

Le rythme de la narration

1 Les deux premiers paragraphes constituent le début du chapitre X qui succède directement à l'extrait précédent (extrait 12).
a. Combien de temps s'est écoulé entre la fin du précédent chapitre et le début de celui-ci ?
b. Comment appelle-t-on ce choix de passer sous silence un certain nombre d'événements ?

Le cadre

2 Dans quel lieu Denise se trouve-t-elle ? Quel jour de la semaine la scène se déroule-t-elle ?

Le parcours de Denise

3 Quelle est la situation de Denise quand elle reçoit la lettre ? Quel est le contenu de cette lettre ? Quelle en est la signification ?
4 Quelles sont les différentes réactions physiques de Denise ? En quoi expriment-elles son trouble ?
5 Repérez le passage où Denise analyse ses sentiments. Quel est le point de vue et le mode adoptés pour rapporter ses pensées (style direct, indirect, indirect libre) ?
6 Par quels procédés l'intensité du sentiment amoureux est-elle rendue ? Pour répondre, appuyez-vous sur un champ lexical utilisé et sur les termes répétés.
7 Denise opère un retour un arrière. Reconstituez l'évolution de ses sentiments et les étapes de sa relation avec Mouret.
8 Relevez les trois expressions évoquant la lumière qui pénètre dans la pièce. Quelle en est la valeur symbolique ?

La visée et les hypothèses de lecture

9 Quels sentiments et émotions ce passage suscite-t-il ?
10 Comment la relation de Denise et Mouret pourra-t-elle évoluer ?

Extrait 14

« – Alors, c'est cette fille que vous aimez ? »

De nouveau, un samedi, en automne, chez Mme Desforges. Celle-ci, délaissée par Mouret et jalouse de Denise, a décidé de les confronter pour les démasquer : elle a convoqué Denise chez elle sous prétexte d'un manteau à retoucher.

Et, juste à ce moment, la porte de la chambre s'ouvrit. Mouret, qui allait répondre, eut un léger sursaut. Les trois hommes[1] se tournèrent. C'était Mme Desforges, l'air très gai, allongeant seulement la tête, appelant d'une voix pressée :

– Monsieur Mouret ! monsieur Mouret !

Puis, quand elle les aperçut :

– Oh messieurs, vous permettez, j'enlève M. Mouret pour une minute. C'est bien le moins, puisqu'il m'a vendu un manteau affreux, qu'il me prête ses lumières. Cette fille est une sotte qui n'a pas une idée… Voyons, je vous attends.

Il hésitait, combattu, reculant devant la scène qu'il prévoyait. Mais il dut obéir.

[…]

En entrant, Mouret avait trouvé Denise toute droite, au milieu de la vive lumière. Elle était très pâle, modestement serrée dans une jaquette de cachemire[2], coiffée d'un chapeau noir ; et elle tenait, sur un bras, le manteau acheté au *Bonheur*. Lorsqu'elle vit le jeune homme, ses mains eurent un léger tremblement.

– Je veux que monsieur juge, reprit Henriette. Aidez-moi, mademoiselle.

1. Le baron Hartmann, Paul de Vallagnosc et Octave Mouret.
2. Veste boutonnée par-devant, ajustée et à basques en tissu de laine mêlé de poils de chèvre du Cachemire.

Et Denise, s'approchant, dut lui remettre le manteau. Dans un premier essayage, elle avait posé des épingles aux épaules, qui n'allaient pas. Henriette se tournait, s'étudiait devant l'armoire.

– Est-ce possible ? Parlez franchement.

– En effet, madame, il est manqué, dit Mouret, pour couper court. C'est bien simple, mademoiselle va vous prendre mesure, et nous vous en ferons un autre.

– Non, je veux celui-ci, j'en ai besoin tout de suite, reprit-elle avec vivacité. Seulement, il m'étrangle la poitrine, tandis qu'il fait une poche là, entre les épaules.

Puis, de sa voix sèche :

– Quand vous me regarderez, mademoiselle, ça ne corrigera pas le défaut !... Cherchez, trouvez quelque chose. C'est votre affaire.

Denise, sans ouvrir la bouche, recommença à poser des épingles. Cela dura longtemps : il lui fallait passer d'une épaule à l'autre ; même elle dut un instant se baisser, s'agenouiller presque, pour tirer le devant du manteau. Au-dessus d'elle, s'abandonnant à ses soins, Mme Desforges avait le visage dur d'une maîtresse difficile à contenter. Heureuse de rabaisser la jeune fille à cette besogne de servante, elle lui donnait des ordres brefs, en guettant sur la face de Mouret les moindres plis nerveux.

– Mettez une épingle ici. Eh ! non, pas là, ici, près de la manche. Vous ne comprenez donc pas ?... Ce n'est pas ça, voici la poche qui reparaît... Et prenez garde, vous me piquez maintenant !

À deux reprises encore, Mouret tâcha vainement d'intervenir, pour faire cesser cette scène. Son cœur bondissait, sous l'humiliation de son amour ; et il aimait Denise davantage, d'une tendresse émue, devant le beau silence qu'elle gardait.

[...]

Denise, lentement, avait levé les yeux, plus pâle encore, et s'était remise à piquer en silence les épingles. Mouret n'apercevait que ses lourds cheveux blonds, tordus sur la nuque délicate ; mais, au frisson qui les soulevait, il croyait voir le malaise et la honte du visage. Maintenant, elle le repousserait, elle le renverrait à cette femme, qui ne cachait même pas sa liaison devant les étrangers. Et des brutalités lui venaient aux poignets, il aurait battu Henriette. Comment la faire taire ? comment dire à Denise qu'il l'adorait, qu'elle seule existait à cette heure, qu'il lui sacrifiait toutes ses anciennes tendresses d'un jour ? Une fille[3] n'aurait pas eu les familiarités équivoques de cette bourgeoise. Il retira sa main, il répéta :

– Vous avez tort de vous entêter, madame, puisque je trouve moi-même que ce vêtement est manqué.

Un des becs de gaz sifflait ; et, dans l'air étouffé et moite de la pièce, on n'entendit plus que ce souffle ardent. Les glaces de l'armoire reflétaient de larges pans de clarté vive sur les tentures de soie rouge, où dansaient les ombres des deux femmes. Un flacon de verveine[4], qu'on avait oublié de reboucher, exhalait une odeur vague et perdue de bouquet qui se fane.

– Voilà, madame, tout ce que je puis faire, dit enfin Denise en se relevant.

Elle se sentait à bout de forces. Deux fois, elle s'était enfoncé les épingles dans les mains, comme aveuglée, les yeux troubles. Était-il du complot ? l'avait-il fait venir, pour se venger de ses refus, en lui montrant que d'autres femmes l'aimaient ? Et cette pensée la glaçait, elle ne se souvenait pas d'avoir jamais eu besoin d'autant de courage, même aux heures terribles de son existence où le pain lui avait manqué. Ce n'était rien encore d'être humiliée ainsi, mais de le voir presque aux bras d'une autre, comme si elle n'eût pas été là !

| **3.** Prostituée. | **4.** Flacon de parfum à base de verveine odorante.

Henriette s'examinait devant la glace. De nouveau, elle éclata en paroles dures.

– C'est une plaisanterie, mademoiselle. Il va plus mal qu'auparavant… Regardez comme il me bride la poitrine. J'ai l'air d'une nourrice.

Alors, Denise, poussée à bout, eut une parole fâcheuse.

– Madame est un peu forte… Nous ne pouvons pourtant pas faire que madame soit moins forte.

– Forte, forte, répéta Henriette qui blêmissait à son tour. Voilà que vous devenez insolente, mademoiselle… En vérité, je vous conseille de juger les autres !

Toutes deux, face à face, frémissantes, se contemplaient. Il n'y avait désormais ni dame, ni demoiselle de magasin. Elles n'étaient plus que femmes, comme égalées dans leur rivalité. L'une avait violemment retiré le manteau pour le jeter sur une chaise ; tandis que l'autre lançait au hasard sur la toilette les quelques épingles qui lui restaient entre les doigts.

– Ce qui m'étonne, reprit Henriette, c'est que M. Mouret tolère une pareille insolence… Je croyais, monsieur, que vous étiez plus difficile pour votre personnel.

Denise avait retrouvé son calme brave. Elle répondit doucement :

– Si M. Mouret me garde, c'est qu'il n'a rien à me reprocher… Je suis prête à vous faire des excuses, s'il l'exige.

Mouret écoutait, saisi par cette querelle, ne trouvant pas la phrase pour en finir. Il avait l'horreur de ces explications entre femmes, dont l'âpreté blessait son continuel besoin de grâce. Henriette voulait lui arracher un mot qui condamnât la jeune fille ; et, comme il restait muet, partagé encore, elle le fouetta d'une dernière injure.

– C'est bien, monsieur, s'il faut que je souffre chez moi les insolences de vos maîtresses !… Une fille ramassée dans quelque ruisseau.

Deux grosses larmes jaillirent des yeux de Denise. Elle les retenait depuis longtemps ; mais tout son être défaillait sous l'insulte. Quand il la vit pleurer ainsi, sans répondre par une violence, d'une dignité muette et désespérée, Mouret n'hésita plus, son cœur allait vers elle, dans une tendresse immense. Il lui prit les mains, il balbutia :

– Partez vite, mon enfant, oubliez cette maison.

Henriette, pleine de stupeur, étranglée de colère, les regardait.

– Attendez, continua-t-il en pliant lui-même le manteau, remportez ce vêtement. Madame en achètera un autre ailleurs. Et ne pleurez plus, je vous en prie. Vous savez quelle estime j'ai pour vous.

Il l'accompagna jusqu'à la porte, qu'il referma ensuite. Elle n'avait pas prononcé une parole ; seulement, une flamme rose était montée à ses joues, tandis que ses yeux se mouillaient de nouvelles larmes, d'une douceur délicieuse.

Henriette, qui suffoquait, avait tiré son mouchoir et s'en écrasait les lèvres. C'était le renversement de ses calculs, elle-même prise au piège qu'elle avait tendu. Elle se désolait d'avoir poussé les choses trop loin, torturée de jalousie. Être quittée pour une pareille créature ! se voir dédaignée devant elle ! Son orgueil souffrait plus que son amour.

– Alors, c'est cette fille que vous aimez ? dit-elle péniblement, quand ils furent seuls.

Mouret ne répondit pas tout de suite, il marchait de la fenêtre à la porte, en cherchant à vaincre sa violente émotion. Enfin, il s'arrêta, et très poliment, d'une voix qu'il tâchait de rendre froide, il dit avec simplicité :

– Oui, madame.

Extraits du chapitre XI.

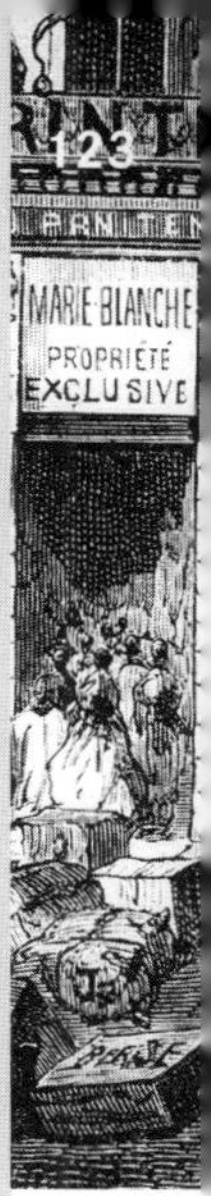

Repérer et analyser

La situation du passage

1 **a.** Pour quelle raison apparente Henriette Desforges vient-elle chercher Mouret ? Pour quelle raison cachée ?
b. Dans quel lieu la scène se déroule-t-elle ?

Les relations entre les personnages

L'humiliation (l. 14 à 89)

2 **a.** Quelle tâche Mme Desforges demande-t-elle à Denise ? Sur quel ton lui parle-t-elle ? Justifiez votre réponse.
b. Quelle posture Denise est-elle contrainte d'adopter ? Comment Mme Desforges considère-t-elle cette posture ?
c. De quelles qualités Denise fait-elle preuve ?

3 Quelle attitude Mouret adopte-t-il ?

L'affrontement (l. 90 à 147)

4 Quelle parole de Denise déclenche l'affrontement ? Montrez que les deux femmes ont changé d'attitude (l. 96 à 101).

5 **a.** Quelle est l'injure proférée par Henriette (l. 116-117) ? À qui la destine-t-elle ? Qu'est-ce qui l'a poussée à prononcer ces paroles ?
b. Comment Denise réagit-elle à cette injure ? Que fait alors Mouret ?

6 Montrez l'ampleur de la défaite de Mme Desforges.

Le parcours de Denise et de Mouret

7 Relisez les lignes 54 à 84 : relevez les deux passages au style indirect libre qui restituent respectivement les pensées de Denise et de Mouret. Quelles inquiétudes chacun d'eux ressent-il ?

8 En quoi la réaction de Mouret à partir de la ligne 120 traduit-elle les sentiments qu'il éprouve pour Denise ?

9 Comment interprétez-vous ses « nouvelles larmes » (l. 131 à 134) ?

La visée

10 Quel est l'intérêt de cette scène pour l'action ?

11 Zola donne-t-il l'avantage à la bourgeoise ou à l'employée ? Justifiez votre réponse.

Extrait 15

« Denise était nommée première. »

Un an plus tard, le 25 septembre, commencent les travaux qui vont permettre au Bonheur *de s'étendre jusqu'à la rue du Dix-Décembre et d'y avoir une nouvelle façade. Mais Mouret ne profite pas de son triomphe. Il parcourt le magasin, de plus en plus triste, obsédé par le refus de Denise. Un jour, Mouret surprend Denise en compagnie de Deloche. Jaloux et furieux, il la convoque dans son bureau, lui crie son amour. Mais elle ne cède pas et retourne la situation en sa faveur.*

Le lendemain, Denise était nommée première. La direction avait dédoublé le rayon des robes et costumes, en créant spécialement en sa faveur un rayon de costumes pour enfants, qui fut installé près du comptoir des confections. Depuis le renvoi de son fils[1], Mme Aurélie tremblait, car elle sentait ces messieurs[2] devenir froids, et elle voyait de jour en jour grandir la puissance de la jeune fille. N'allait-on pas la sacrifier à cette dernière, en profitant d'un prétexte quelconque ? Son masque d'empereur soufflé de graisse semblait avoir maigri de la honte qui entachait maintenant la dynastie des Lhomme ; et elle affectait de s'en aller chaque soir au bras de son mari, rapprochés tous deux par l'infortune, comprenant que le mal venait de la débandade de leur intérieur ; tandis que le pauvre homme, plus affecté qu'elle, dans la peur maladive qu'on ne le soupçonnât lui-même de vol, comptait deux fois les recettes,

1. Les maîtresses d'Albert, avec la complicité de Mignot, volaient au rayon de la ganterie. Les deux hommes ont été renvoyés.
2. Mouret et Bourdoncle.

bruyamment, en faisant avec son mauvais bras de véritables miracles. Aussi, lorsqu'elle vit Denise passer première aux costumes pour enfants, éprouva-t-elle une joie si vive, qu'elle afficha à l'égard de celle-ci les sentiments les plus affectueux. C'était bien beau de ne pas lui avoir pris sa place. Et elle la comblait d'amitiés, la traitait désormais en égale, allait causer souvent avec elle, dans le rayon voisin, d'un air d'apparat, comme une reine mère rendant visite à une jeune reine.

Du reste, Denise était maintenant au sommet. Sa nomination de première avait abattu autour d'elle les dernières résistances. Si l'on clabaudait[3] toujours, par cette démangeaison de langue qui ravage toute réunion d'hommes et de femmes, on s'inclinait très bas, jusqu'à terre. Marguerite, passée seconde aux confections, se répandait en éloges. Clara elle-même, travaillée d'un sourd respect en face de cette fortune dont elle était incapable, avait plié la tête. Mais la victoire de Denise était plus complète encore sur ces messieurs, sur Jouve qui ne lui parlait à présent que courbé en deux, sur Hutin pris d'inquiétude en sentant craquer sa situation, sur Bourdoncle enfin réduit à l'impuissance. Quand ce dernier l'avait vue sortir du cabinet de la direction, souriante, de son air tranquille, et que le lendemain le directeur avait exigé du conseil[4] la création du nouveau comptoir, il s'était incliné vaincu sous la terreur sacrée de la femme. Toujours il avait cédé ainsi devant la grâce de Mouret, il le reconnaissait pour son maître, malgré les fuites du génie et les coups de cœur imbéciles. Cette fois, la femme était la plus forte, et il attendait d'être emporté dans le désastre.

Cependant, Denise avait le triomphe paisible et charmant. Elle était touchée de ces marques de considération, elle voulait y voir une sympathie pour la misère de ses débuts et le succès

3. Critiquait injustement, médisait.
4. L'ensemble des chefs de rayon intéressés aux bénéfices.

final de son long courage. Aussi accueillait-elle avec une joie rieuse les moindres témoignages d'amitié, ce qui la fit réellement aimer de quelques-uns, tellement elle était douce et accueillante, toujours prête à donner son cœur. Elle ne montra une invincible répulsion que pour Clara, car elle avait appris que cette fille s'était amusée, comme elle en annonçait en plaisantant le projet, à mener un soir Colomban chez elle ; et le commis, emporté par sa passion enfin satisfaite, découchait maintenant, tandis que la triste Geneviève agonisait. On en causait au *Bonheur*, on trouvait l'aventure drôle.

Mais ce chagrin, le seul qu'elle eût au-dehors, n'altérait[5] pas l'humeur égale de Denise. C'était surtout à son rayon qu'il fallait la voir, au milieu de son peuple de bambins de tout âge. Elle adorait les enfants, on ne pouvait la mieux placer. Parfois, on comptait là une cinquantaine de fillettes, autant de garçons, tout un pensionnat turbulent, lâché dans les désirs de la coquetterie naissante. Les mères perdaient la tête. Elle, conciliante, souriait, faisait aligner ce petit monde sur des chaises ; et, quand il y avait dans le tas une gamine rose, dont le joli museau la tentait, elle voulait la servir elle-même, apportait la robe, l'essayait sur les épaules potelées, avec des précautions tendres de grande sœur. Des rires clairs sonnaient, de légers cris d'extase partaient, au milieu de voix grondeuses. Parfois, une fillette déjà grande personne, neuf ou dix ans, ayant aux épaules un paletot de drap, l'étudiait devant une glace, se tournait, la mine absorbée, les yeux luisant du besoin de plaire. Et le déballage encombrait les comptoirs, des robes en toile d'Asie rose ou bleue pour enfants d'un an à cinq ans, des costumes de marin en zéphir[6], jupe plissée et blouse ornée d'appliques en percale[7], des costumes Louis XV, des manteaux, des jaquettes, un pêle-mêle de vêtements étroits, raidis dans leur

5. Ne modifiait.
6. Tissu de coton léger.
7. Applications, décorations en tissu de coton ras, très fin et très serré.

grâce enfantine, quelque chose comme le vestiaire d'une bande de grandes poupées, sorti des armoires et livré au pillage. Denise avait toujours au fond des poches quelques friandises, apaisait les pleurs d'un marmot désespéré de ne pas emporter des culottes rouges, vivait là parmi les petits, comme dans sa famille naturelle, rajeunie elle-même de cette innocence et de cette fraîcheur sans cesse renouvelées autour de ses jupes.

Maintenant, il lui arrivait d'avoir de longues conversations amicales avec Mouret. Quand elle devait se rendre à la direction pour prendre des ordres ou pour donner un renseignement, il la retenait à causer, il aimait l'entendre. C'était ce qu'elle appelait en riant « faire de lui un brave homme ». Dans sa tête raisonneuse et avisée de Normande, poussaient toutes sortes de projets, ces idées sur le nouveau commerce, qu'elle osait effleurer déjà chez Robineau, et dont elle avait exprimé quelques-unes, le beau soir de leur promenade aux Tuileries. Elle ne pouvait s'occuper d'une chose, voir fonctionner une besogne, sans être travaillée du besoin de mettre de l'ordre, d'améliorer le mécanisme. Ainsi, depuis son entrée au *Bonheur des Dames*, elle était surtout blessée par le sort précaire des commis ; les renvois brusques la soulevaient, elle les trouvait maladroits et iniques[8], nuisibles à tous, autant à la maison qu'au personnel. Ses souffrances du début la poignaient encore, une pitié lui remuait le cœur, à chaque nouvelle venue qu'elle rencontrait dans les rayons, les pieds meurtris, les yeux gros de larmes, traînant sa misère sous sa robe de soie, au milieu de la persécution aigrie des anciennes. Cette vie de chien battu rendait mauvaises les meilleures ; et le triste défilé commençait : toutes mangées par le métier avant quarante ans, disparaissant, tombant à l'inconnu, beaucoup mortes à la peine, phtisiques[9] ou anémiques[10], de fatigue et de mauvais air,

8. Très injustes.
9. Atteintes de tuberculose.
10. Dans un état d'épuisement, d'affaiblissement.

quelques-unes roulées au trottoir, les plus heureuses mariées, enterrées au fond d'une petite boutique de province. Était-ce humain, était-ce juste, cette consommation effroyable de chair que les grands magasins faisaient chaque année ? Et elle plaidait la cause des rouages de la machine, non par des raisons sentimentales, mais par des arguments tirés de l'intérêt même des patrons. Quand on veut une machine solide, on emploie du bon fer ; si le fer casse ou si on le casse, il y a un arrêt du travail, des frais répétés de mise en train, toute une déperdition de force. Parfois, elle s'animait, elle voyait l'immense bazar[11] idéal, le phalanstère[12] du négoce, où chacun aurait sa part exacte des bénéfices, selon ses mérites, avec la certitude du lendemain, assurée à l'aide d'un contrat. Mouret alors s'égayait, malgré sa fièvre. Il l'accusait de socialisme, l'embarrassait en lui montrant des difficultés d'exécution ; car elle parlait dans la simplicité de son âme, et elle s'en remettait bravement à l'avenir, lorsqu'elle s'apercevait d'un trou dangereux, au bout de sa pratique de cœur tendre. Cependant, il était ébranlé, séduit, par cette voix jeune encore frémissante des maux endurés, si convaincue, lorsqu'elle indiquait des réformes qui devaient consolider la maison ; et il l'écoutait en la plaisantant, le sort des vendeurs était amélioré peu à peu, on remplaçait les renvois en masse par un système de congés accordés aux mortes-saisons, enfin on allait créer une caisse de secours mutuels, qui mettrait les employés à l'abri des chômages forcés, et leur assurerait une retraite. C'était l'embryon des vastes sociétés ouvrières du vingtième siècle.

D'ailleurs, Denise ne s'en tenait pas à vouloir panser les plaies vives dont elle avait saigné : des idées délicates de femme, soufflées à Mouret, ravirent la clientèle. Elle fit aussi

11. Magasin.
12. Système inventé par le socialiste Fourier (1772-1837) : association de travailleurs qui vivaient et travaillaient en communauté.

la joie de Lhomme, en appuyant un projet qu'il nourrissait depuis longtemps, celui de créer un corps de musique, dont les exécutants seraient tous choisis dans le personnel. Trois mois plus tard, Lhomme avait cent vingt musiciens sous sa direction, le rêve de sa vie était réalisé. Et une grande fête fut donnée dans les magasins, un concert et un bal, pour présenter la musique du *Bonheur* à la clientèle, au monde entier. Les journaux s'en occupèrent, Bourdoncle lui-même, ravagé par ces innovations, dut s'incliner devant l'énorme réclame. Ensuite, on installa une salle de jeu pour les commis, deux billards, des tables de trictrac et d'échecs. Il y eut des cours le soir dans la maison, cours d'anglais et d'allemand, cours de grammaire, d'arithmétique, de géographie ; on alla jusqu'à des leçons d'équitations et d'escrime. Une bibliothèque fut créée, dix mille volumes mis à la disposition des employés. Et l'on ajouta encore un médecin à demeure donnant des consultations gratuites, des bains, des buffets, un salon de coiffure. Toute la vie était là, on avait tout sans sortir, l'étude, la table, le lit, le vêtement. Le *Bonheur des Dames* se suffisait, plaisirs et besoins, au milieu du grand Paris, occupé de ce tintamarre[13], de cette cité du travail qui poussait si largement dans le fumier des vieilles rues, ouvertes enfin au plein soleil.

Extrait du chapitre XII.

13. Grand bruit.

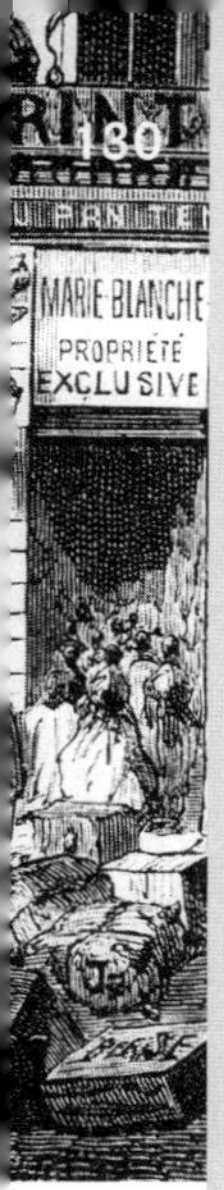

Questions

Repérer et analyser

Le parcours de Denise

La promotion professionnelle

1 Quelle promotion professionnelle Denise connaît-elle ? Qui a décidé de cette promotion ?

2 Relisez les lignes 24 à 39.

a. Pour présenter la réussite de la jeune fille, le narrateur utilise une métaphore filée sur le thème du pouvoir et de la soumission. Relevez toutes les expressions qui la constituent. Quels sont les différents personnages évoqués ? Comment se situent-ils par rapport à Denise ?

b. Pour quelle raison le triomphe de Denise ne suscite-t-il aucune jalousie ? Précisez les qualités dont elle fait preuve.

3 Relisez les lignes 58 à 84.

a. Quels sont les différents aspects de l'activité de Denise dans son rayon ? Quel est le temps utilisé pour les évoquer ? Précisez sa valeur.

b. Relevez le lexique de l'innocence et de la fraîcheur.

c. L'accumulation

> L'accumulation est une figure de style qui consiste à énumérer une longue série de termes de même nature et de même fonction.

Relevez la phrase descriptive de ce passage. Qu'est-ce qui est décrit ? Relevez l'accumulation et les marques du pluriel. Quel est l'effet créé ?

d. En quoi les enfants sont-ils présentés comme des clients en devenir ?

Denise et Mouret

4 Quel type de relation entretient-elle avec Mouret à ce moment du roman ?

5 Relisez les lignes 85 à 135.

a. En quoi s'agit-il d'un récit de paroles ? De qui les paroles sont-elles rapportées ? Qui est l'interlocuteur ? La conversation rapportée n'a-t-elle eu lieu qu'une fois ou plusieurs fois ? Justifiez votre réponse.

b. Quelle est la position de Denise sur le nouveau commerce ? Et sur les conditions de vie des employées ?

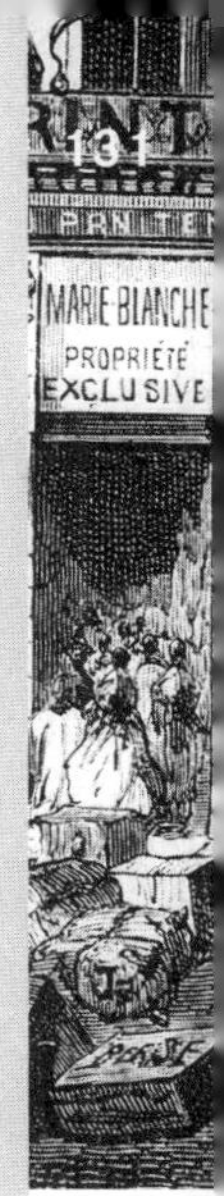

c. Quels sont ses motifs d'indignation ?

d. De quoi Denise cherche-t-elle à convaincre Mouret (l. 115 à 118) ? Quelle est la valeur du présent dans ce passage ?

e. En quoi l'argumentation de Denise est-elle habile ? À quelles valeurs se réfère-t-elle ?

6 Quelles sont les réactions successives de Mouret à cette argumentation ? Montrez que Denise a su le convaincre en faisant le point sur les améliorations obtenues.

7 Quelle image est donnée du *Bonheur des Dames* à la fin de l'extrait ? Analysez la métaphore finale. Quelle opposition met-elle en valeur ?

La visée

8 Quel type de société Zola défend-il par l'intermédiaire de Denise ?

Se documenter

Le paternalisme aux XIXe et XXe siècles

Vers le milieu du XIXe siècle, aucune loi sociale ne protège les salariés contre la misère, le chômage, la maladie. Et les moins payés d'entre eux, les ouvriers d'usines, vivent pour la plupart dans des conditions misérables sur lesquelles s'apitoient les œuvres charitables et que dénoncent certains écrivains au cœur généreux, tels Hugo et Dickens, ou des penseurs, comme Fourier et Proudhon, qui sont les premiers « socialistes ».

En face d'une telle situation, des industriels intelligents commencent à pratiquer le « paternalisme » : ils construisent des logements pour leurs ouvriers, créent des fonds de prévoyance (en cas de maladie ou d'accident) et des caisses de retraite. Ces mesures de protection sociale, qui renforcent la solidarité entre les ouvriers et leur patron, ont l'énorme avantage de fixer et discipliner la main-d'œuvre dans l'entreprise paternaliste, et par conséquent d'améliorer la production. Cela explique que dans les villes et surtout dans ces grands magasins qui fonctionnent à un rythme d'usine, des patrons comme Aristide Boucicaut et sa femme comprennent aussi les

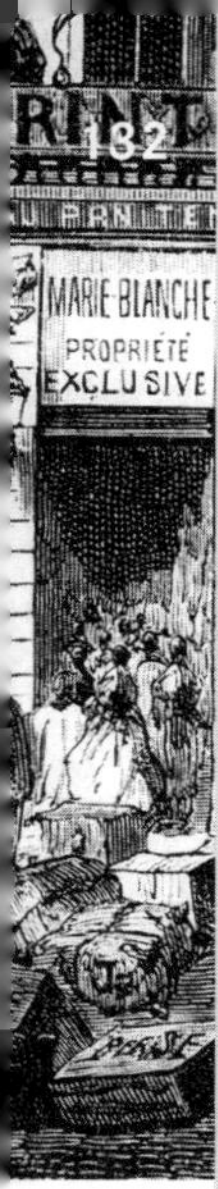

bienfaits du paternalisme : au *Bon Marché* (comme au *Bonheur des Dames*), on loge les employés célibataires, on nourrit le personnel deux fois par jour, on lui offre des cours de musique, d'anglais, de littérature et de sciences, ainsi que des consultations médicales. En 1876, une caisse de prévoyance est instituée par Madame Boucicaut et sera suivie, dix ans plus tard, par la création d'une caisse de retraite.

9 En vous basant sur les informations ci-dessus, essayez de donner une définition du mot « paternalisme ».

10 Avec l'aide de votre professeur d'histoire, étudiez les réalisations remarquables de certains patrons paternalistes du XIXe siècle. Par exemple, celles de la dynastie Schneider, au Creusot.

11 Le paternalisme n'est plus guère pratiqué dans la France du XXe siècle. Mais au Japon, par exemple, il fonctionne sur une grande échelle. Avec l'aide de votre professeur de géographie, réunissez une documentation sur le paternalisme à la japonaise.

Extrait 16

« On entendit un craquement terrible. »

Un mois plus tard, Geneviève est à l'agonie, Colomban l'a abandonnée pour Clara et a quitté le Vieil Elbeuf. *La jeune fille meurt et son enterrement rassemble les petits commerçants du quartier qui rendent Mouret responsable de cette mort. Le soir, Denise discute avec Mouret des méfaits inévitables du progrès ; elle voudrait soulager les victimes.*

Quelques jours plus tard, Robineau, ruiné, tente de se suicider ; puis en janvier, Mme Baudu meurt, Baudu ferme boutique, Bourras est exproprié.

Dans la rue de la Michodière, Bourras était debout, planté sur le trottoir, en face de sa maison, dont on l'avait expulsé la veille, à la suite d'un joli tour, une trouvaille de l'avoué[1] : comme Mouret possédait des créances[2], il venait d'obtenir aisément la mise en faillite du marchand de parapluies, puis il avait acheté cinq cents francs le droit au bail[3], dans la vente faite par le syndic[4] ; de sorte que le vieillard entêté s'était laissé prendre pour cinq cents francs ce qu'il n'avait pas voulu lâcher pour cent mille. D'ailleurs, l'architecte, qui arrivait avec sa bande de démolisseurs, avait dû requérir[5] le commissaire pour le mettre dehors. Les marchandises étaient vendues, les chambres déménagées ; lui, s'obstinait dans le coin où il couchait, et dont on n'osait le chasser, par une pitié dernière. Même les démolisseurs attaquèrent la toiture sur sa tête.

1. Officier ministériel chargé de représenter son client devant les tribunaux.
2. Droits que possède une personne d'exiger le paiement d'une somme d'argent.
3. Droit d'établir un contrat de location.
4. Personne chargée de gérer les affaires, les intérêts communs d'une collectivité.
5. Aller chercher.

On avait retiré les ardoises pourries, les plafonds s'effondraient, les murs craquaient, et il restait là, sous les vieilles charpentes à nu, au milieu des décombres. Enfin, devant la police, il était parti. Mais, dès le lendemain matin, il avait reparu sur le trottoir d'en face, après avoir passé la nuit dans un hôtel meublé du voisinage.

– Monsieur Bourras, dit doucement Denise.

Il ne l'entendait pas, ses yeux de flamme dévoraient les démolisseurs, dont la pioche entamait la façade de la masure[6]. Maintenant, par les fenêtres vides, on voyait l'intérieur, les chambres misérables, l'escalier noir, où le soleil n'avait pas pénétré depuis deux cents ans.

– Ah ! c'est vous, répondit-il enfin, quand il l'eut reconnue. Hein ? ils en font une besogne, ces voleurs !

Elle n'osait plus parler, remuée par la tristesse lamentable de la vieille demeure, ne pouvant elle-même détacher les yeux des pierres moisies qui tombaient. En haut, dans un coin du plafond de son ancienne chambre, elle apercevait encore le nom en lettres noires et tremblées : Ernestine, écrit avec la flamme d'une chandelle ; et le souvenir des jours de misère lui revenait, plein d'un attendrissement pour toutes les douleurs. Mais les ouvriers, afin d'abattre d'un coup un pan de muraille, avaient eu l'idée de l'attaquer à la base. Il chancelait.

– S'il pouvait les écraser tous ! murmurait Bourras d'une voix sauvage.

On entendit un craquement terrible. Les ouvriers épouvantés se sauvèrent dans la rue. En s'abattant, la muraille ébranlait et emportait toute la ruine. Sans doute, la masure ne tenait plus, au milieu des tassements et des gerçures[7] : une poussée avait suffi pour la fendre du haut en bas. Ce fut un

6. Maison en ruine, habitation misérable, délabrée.

7. Fissures, crevasses.

éboulement pitoyable, l'aplatissement d'une maison de fange, détrempée par les pluies. Pas une cloison ne resta debout, il n'y eut plus par terre qu'un amas de débris, le fumier du passé tombé à la borne[8].

– Mon Dieu ! avait crié le vieillard, comme si le coup lui eût retenti dans les entrailles.

Il demeurait béant[9], jamais il n'aurait cru que ce serait fini si vite. Et il regardait l'entaille ouverte, le creux libre enfin dans le flanc du *Bonheur des Dames*, débarrassé de la verrue qui le déshonorait. C'était le moucheron écrasé, le dernier triomphe sur l'obstination cuisante de l'infiniment petit, toute l'île envahie et conquise. Des passants attroupés causaient très haut avec les démolisseurs, qui se fâchaient contre ces vieilles bâtisses, bonnes à tuer le monde.

– Monsieur Bourras, répéta Denise, en tâchant de l'emmener à l'écart, vous savez qu'on ne vous abandonnera pas. Il sera pourvu à tous vos besoins…

Il se redressa.

– Je n'ai pas de besoins… Ce sont eux qui vous envoient, n'est-ce pas ? Eh bien ! dites-leur que le père Bourras sait encore travailler, et qu'il trouvera de l'ouvrage où il voudra… Vrai ! ce serait trop commode, de faire la charité aux gens qu'on assassine !

Alors, elle le supplia.

–Je vous en prie, acceptez, ne me laissez pas ce chagrin.

Mais il secouait sa tête chevelue.

– Non, non, c'est fini, bonsoir… Vivez donc heureuse, vous qui êtes jeune, et n'empêchez pas les vieux de partir avec leurs idées.

Il jeta un dernier coup d'œil sur le tas des décombres, puis s'en alla, péniblement. Elle suivit son dos, au milieu des

8. À la rue. 9. Grand ouvert.

bousculades du trottoir. Le dos tourna l'angle de la place Gaillon, et ce fut tout.

Extrait du chapitre XIII.

Denise ressent son impuissance et le chapitre se termine sur ces mots : « Mouret avait inventé cette mécanique à écraser le monde, dont le fonctionnement brutal l'indignait ; il avait semé le quartier de ruines, dépouillé les uns, tué les autres ; et elle l'aimait quand même pour la grandeur de son œuvre, elle l'aimait davantage à chacun des excès de son pouvoir, malgré le flot de larmes qui la soulevait, devant la misère sacrée des vaincus. »

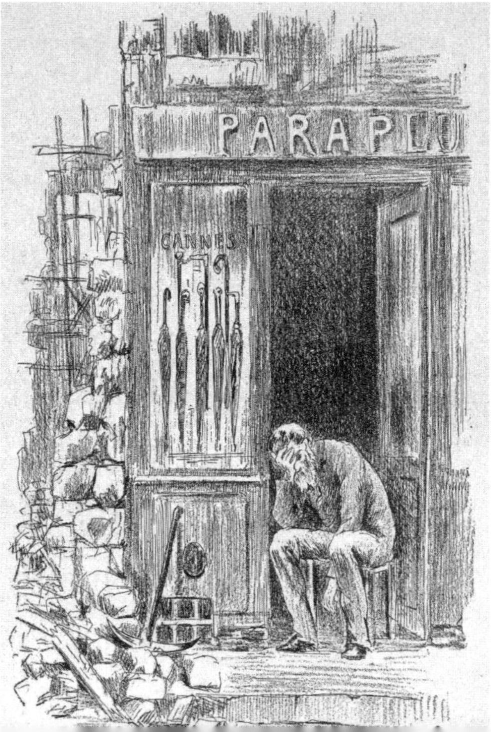

Illustration anonyme, fin XIXe siècle.

Questions

« On entendit un craquement terrible. »

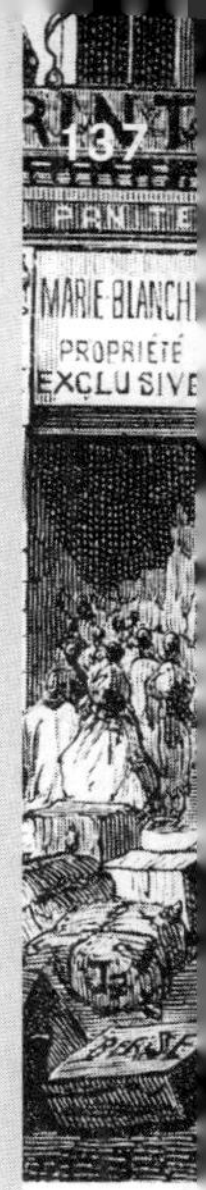

Repérer et analyser

L'action

1 Quel est l'événement dont il est question dans cet extrait ?

2 Quels sont les personnages en présence ? Où se trouvent-ils ? Pour quelle raison se trouvent-ils réunis dans ce lieu ?

3 À la suite de quel mécanisme le marchand de parapluies Bourras a-t-il été expulsé ? Comment a-t-il essayé de résister ? Quelle triste ironie y a-t-il dans sa défaite (l. 4 à 9) ?

4 Montrez en citant le texte la rapidité de la démolition. En quoi cet effondrement a-t-il constitué une menace ?

Les personnages

Bourras

5 Le registre pathétique

> Est pathétique ce qui inspire la pitié, le bouleversement.

En quoi l'attitude de Bourras est-elle pathétique (l. 11 à 20) ?

6 **a.** Notez les réactions de Bourras (paroles, attitudes) à partir de la ligne 22.

b. Montrez, en citant le texte, qu'il ressent dans son corps l'écroulement. Quels sont les deux sens que peut revêtir l'adjectif béant (l. 52) dans ce contexte ?

7 Qui Bourras désigne-t-il par les pronoms « ils », « les », « tous », « eux » dans les phrases : « ils en font une besogne, ces voleurs ! » (l. 28) ; « S'il pouvait les écraser tous ! » (l. 39) ; « Ce sont eux qui vous envoient » (l. 64).

8 Pour quelle raison Bourras ne veut-il pas accepter l'aide de Denise ? Que lui souhaite-t-il ? Qu'exprime-t-il en faisant ce souhait ?

9 Comment comprenez-vous « et ce fut tout » à la fin de l'extrait ?

Denise

10 Quel est le rôle de Denise dans cet extrait ? Adhère-t-elle à l'idée de progrès et juge-t-elle le progrès nécessaire ? Prend-elle en même temps en compte le sort des victimes de ce progrès ? En quoi sa position est-elle intermédiaire ?

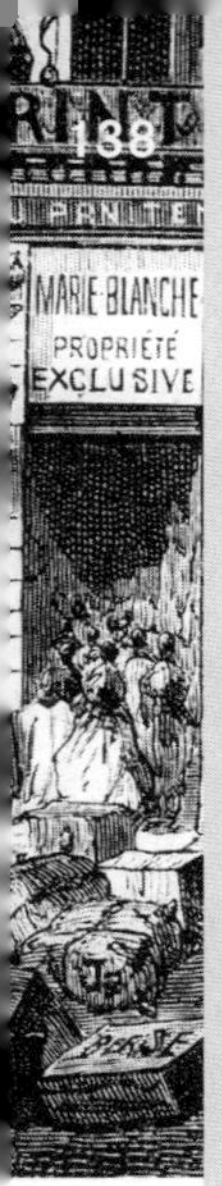

La valeur symbolique

La valeur symbolique de l'espace

Le roman est construit sur l'opposition entre deux espaces : l'espace du petit commerce avec ses boutiques étroites, sombres, poussiéreuses, et l'espace du *Bonheur des Dames*, clair, vaste, en expansion au détriment du premier.

11 **a.** En quoi cet épisode est-il symbolique d'une appropriation de l'espace par les grands et les puissants ?

b. Qu'advient-il des petits ? Appuyez-vous notamment sur la métaphore de la ligne 55 que vous analyserez.

12 **a.** Quelle image le narrateur donne-t-il de la boutique de Bourras ? Pour répondre, relevez tous les indices de laideur, de décrépitude, de tristesse et relevez la métaphore des lignes 54-55.

b. « Ce fut un éboulement pitoyable » (l. 45-46). En quoi cet éboulement est-il pitoyable et symbolise-t-il la fin d'un monde ?

La visée

13 Quelle vision du progrès Zola donne-t-il ici ? Zola est-il favorable au progrès ? En quoi le personnage de Denise reflète-t-il le mieux sa position sur cette question ?

Extrait 17

« Le spectacle prodigieux de la grande exposition de blanc. »

Un lundi de février, le Bonheur des Dames *inaugure sa « façade monumentale » sur la rue du Dix-Décembre « à l'occasion de la grande exposition de blanc ». C'est un énorme succès. Mme de Boves, sa fille Blanche, Mme Guibal et Mme Desforges se retrouvent dans le magasin.*

Une surprise immobilisa ces dames. Devant elles, s'étendaient les magasins, les plus vastes magasins du monde, comme disaient les réclames. À cette heure, la grande galerie centrale allait de bout en bout, ouvrait sur la rue du Dix-Décembre et sur la rue Neuve-Saint-Augustin ; tandis que, à droite et à gauche, pareilles aux bas-côtés d'une église, la galerie Monsigny et la galerie Michodière, plus étroites, filaient elles aussi le long des deux rues, sans une interruption. De place en place, les halls élargissaient des carrefours, au milieu de la charpente métallique des escaliers suspendus et des ponts volants. On avait retourné la disposition intérieure : maintenant, les soldes étaient sur la rue du Dix-Décembre, la soie se trouvait au milieu, la ganterie occupait, au fond, le hall Saint-Augustin ; et au nouveau vestibule d'honneur, lorsqu'on levait les yeux, on apercevait toujours la literie, déménagée d'une extrémité à l'autre du second étage. Le chiffre énorme des rayons montait au nombre de cinquante ; plusieurs, tout neufs, étaient inaugurés ce jour-là ; d'autres, devenus trop importants, avaient dû être simplement dédoublés, afin de faciliter la vente ; et, devant cet accroissement continu des affaires, le personnel lui-même, pour la nouvelle saison, venait d'être porté à trois mille quarante-cinq employés.

Ce qui arrêtait ces dames, c'était le spectacle prodigieux de la grande exposition de blanc. Autour d'elles, d'abord, il y avait le vestibule, un hall aux glaces claires, pavé de mosaïques, où les étalages à bas prix retenaient la foule vorace. Ensuite, les galeries s'enfonçaient, dans une blancheur éclatante, une échappée boréale[1], toute une contrée de neige, déroulant l'infini des steppes tendues d'hermine, l'entassement des glaciers allumés sous le soleil. On retrouvait le blanc des vitrines du dehors, mais avivé, colossal, brûlant d'un bout à l'autre de l'énorme vaisseau, avec la flambée blanche d'un incendie en plein feu. Rien que du blanc, tous les articles blancs de chaque rayon, une débauche de blanc, un astre blanc dont le rayonnement fixe aveuglait d'abord, sans qu'on pût distinguer les détails, au milieu de cette blancheur unique. Bientôt les yeux s'accoutumaient : à gauche, la galerie Monsigny allongeait les promontoires[2] blancs des toiles et des calicots, les roches blanches des draps de lit, des serviettes, des mouchoirs ; tandis que la galerie Michodière, à droite, occupée par la mercerie, la bonneterie et les lainages, exposait des constructions blanches en boutons de nacre[3], un grand décor bâti avec des chaussettes blanches, toute une salle recouverte de molleton blanc, éclairée au loin d'un coup de lumière. Mais le foyer de clarté rayonnait surtout de la galerie centrale, aux rubans et aux fichus, à la ganterie et à la soie. Les comptoirs disparaissaient sous le blanc des soies et des rubans, des gants et des fichus. Autour des colonnettes de fer, s'élevaient des

1. Qui est au nord.
2. Pointes de relief élevé s'élevant en saillie au-dessus de la mer.
3. Matière calcaire, blanche, dure, à reflets irisés, sécrétée par certains mollusques (huître…) et revêtant l'intérieur de leur coquille, formée de lamelles superposées parallèles, utilisée en bijouterie, en tabletterie et en marqueterie.

bouillonnés[4] de mousseline[5] blanche, noués de place en place par des foulards blancs. Les escaliers étaient garnis de draperies blanches, des draperies de piqué[6] et de basin[7] alternées, qui filaient le long des rampes, entouraient les halls, jusqu'au second étage ; et cette montée du blanc prenait des ailes, se pressait et se perdait, comme une envolée de cygnes. Puis, le blanc retombait des voûtes, une tombée de duvet, une nappe neigeuse en larges flocons : des couvertures blanches, des couvre-pieds blancs, battaient l'air, accrochés, pareils à des bannières d'église ; de longs jets de guipure[8] traversaient, semblaient suspendre des essaims de papillons blancs, au bourdonnement immobile ; des dentelles frissonnaient de toutes parts, flottaient comme des fils de la Vierge par un ciel d'été, emplissaient l'air de leur haleine blanche. Et la merveille, l'autel de cette religion du blanc, était, au-dessus du comptoir des soieries, dans le grand hall, une tente faite de rideaux blancs, qui descendaient du vitrage. Les mousselines, les gazes[9], les guipures d'art, coulaient à flots légers, pendant que des tulles[10] brodés, très riches, et des pièces de soie orientale, lamées[11] d'argent, servaient de fond à cette décoration géante, qui tenait du tabernacle et de l'alcôve. On aurait dit un grand lit blanc, dont l'énormité virginale attendait, comme dans les légendes, la princesse blanche, celle qui devait venir un jour, toute-puissante, avec le voile blanc des épousées.

4. Ornements d'étoffe plissée de façon à faire bouffer le tissu.
5. Toile de coton claire, peu serrée, fine et légère.
6. Tissu épais façonné, généralement de coton, dont le tissage forme des dessins géométriques semblables à des piqûres.
7. Étoffe croisée dont la chaîne est ordinairement de fil et la trame de coton.
8. Dentelle (de fil ou de soie) sans fond, dont les motifs sont espacés, utilisée comme ornement de toilette ou dans la confection de rideaux d'ameublement.
9. Tissus très fins et très légers, de coton, de soie ou de lin, à l'aspect presque transparent, dont les fils de trame sont fortement liés à la chaîne.
10. Tissus très légers, fabriqués avec de fins fils de soie, de coton, etc., formant un réseau de mailles lâches, rondes, carrées ou polygonales.
11. Ornées de fines lames (d'or, d'argent, etc.), tissées avec des fils de métal ou de matière synthétique conférant un aspect scintillant aux étoffes.

– Oh ! extraordinaire ! répétaient ces dames. Inouï !

Elles ne se lassaient pas de cette chanson du blanc, que chantaient les étoffes de la maison entière. Mouret n'avait encore rien fait de plus vaste, c'était le coup de génie de son art de l'étalage. Sous l'écroulement de ces blancheurs, dans l'apparent désordre des tissus, tombés comme au hasard des cases éventrées, il y avait une phrase harmonique, le blanc suivi et développé dans tous ses tons, qui naissait, grandissait, s'épanouissait, avec l'orchestration compliquée d'une fugue[12]

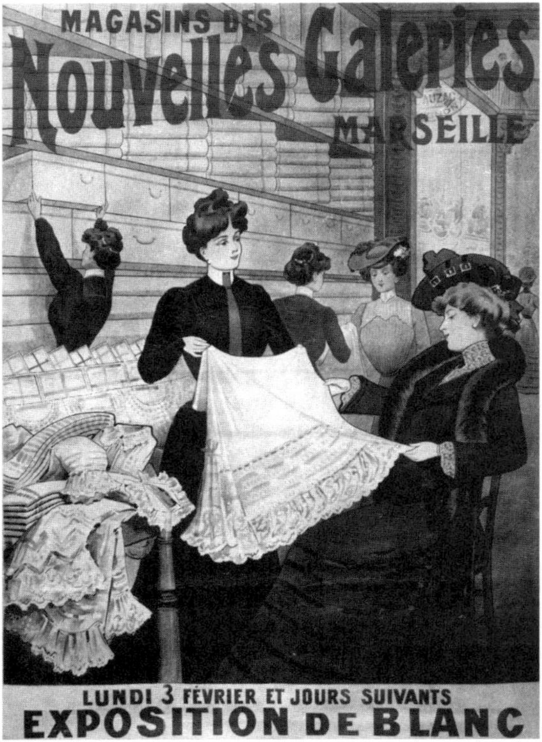

Affiche pour une exposition de blanc au magasin des *Nouvelles Galeries* à Marseille.

12. Composition musicale.

de maître, dont le développement continu emporte les âmes d'un vol sans cesse élargi. Rien que du blanc, et jamais le même blanc, tous les blancs, s'enlevant les uns sur les autres, s'opposant, se complétant, arrivant à l'éclat même de la lumière. Cela partait des blancs mats[13] du calicot et de la toile, des blancs sourds de la flanelle et du drap ; puis, venaient les velours, les soies, les satins, une gamme montante, le blanc peu à peu allumé, finissant en petites flammes aux cassures des plis ; et le blanc s'envolait avec la transparence des rideaux, devenait de la clarté libre avec les mousselines, les guipures, les dentelles, les tulles surtout, si légers, qu'ils étaient comme la note extrême et perdue ; tandis que l'argent des pièces de soie orientale chantait le plus haut, au fond de l'alcôve géante.

Cependant, les magasins vivaient, du monde assiégeait les ascenseurs, on s'écrasait au buffet et au salon de lecture, tout un peuple voyageait au milieu de ces espaces couverts de neige. Et la foule paraissait noire. On eût dit les patineurs d'un lac de Pologne, en décembre. Au rez-de-chaussée, il y avait une houle assombrie, agitée d'un reflux, où l'on ne distinguait que les visages délicats et ravis des femmes. Dans les découpures des charpentes de fer, le long des escaliers, sur les ponts volants, c'était ensuite une ascension sans fin de petites figures, comme égarées au milieu de pics neigeux. Une chaleur de serre, suffocante, surprenait, en face de ces hauteurs glacées. Le bourdonnement des voix faisait un bruit énorme de fleuve qui charrie. Au plafond, les ors prodigués[14], les vitres niellées[15] d'or et les rosaces d'or semblaient un coup de soleil, luisant sur les Alpes de la grande exposition de blanc.

– Voyons, dit Mme de Boves, il faut pourtant avancer. Nous ne pouvons rester là.

Extrait du chapitre XIV.

13. Ternes, ne brillant pas. | **14.** En abondance. | **15.** Incrustées.

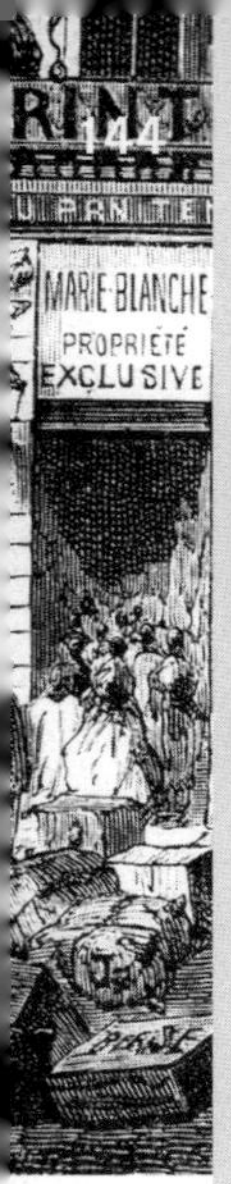

Questions

Repérer et analyser

L'action

1 Quel est l'événement évoqué dans ce dernier chapitre qui constitue le troisième grand moment pour le *Bonheur des Dames* ? Rappelez quelles sont les deux autres grandes ventes qui ont rythmé le roman.

2 Quelles sont les transformations opérées dans le grand magasin :
– par l'entrée ouverte sur la nouvelle façade (voir le plan, p. 13) ?
– par le développement du magasin ? Montrez qu'il s'est agrandi. Quel est l'effet produit par les glaces (l. 26) ?

La description

Le point de vue

3 Selon quel point de vue est faite la description de l'exposition ? Pour répondre, appuyez-vous sur les verbes de perception et leur sujet. À qui notamment le pronom « on » renvoie-t-il dans l'expression « lorsqu'on levait les yeux » (l. 15) ? Relevez les phrases concernant « ces dames ».

L'organisation

4 Relisez les lignes 24 à 73. Montrez que cette description est organisée en fonction du point de vue. Pour répondre, appuyez-vous sur les indications spatiales qui la structurent.

La caractérisation

5 **a.** Par quels procédés le narrateur crée-t-il un effet d'abondance ? Quelle image est donnée du magasin ?
b. Dites quels sont les procédés utilisés pour donner l'impression de foule (l. 96 à 110). Quelles sont les sensations évoquées ?

6 **a.** Quel est le nombre d'occurrences du mot « blanc » ? Distinguez les différentes nuances de blanc lignes 84 à 95.
b. Quelle est l'autre couleur évoquée lignes 108 à 110 ?
c. Relevez les métaphores et les comparaisons en les classant selon les domaines dont relèvent les comparants : la lumière, la musique, la religion, la légèreté, la douceur…
d. Quel est l'effet produit par l'ensemble ?

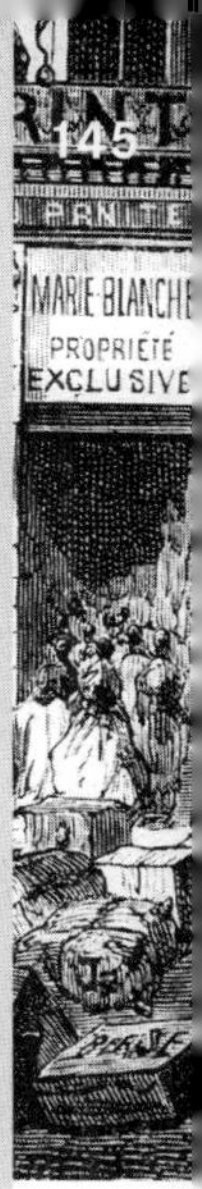

La valeur symbolique

7 **a.** Relevez les métaphores qui renvoient à la cathédrale et à la religion.
b. Que symbolise la couleur blanche dans cet extrait ? Et la « princesse blanche » (l. 72) ?
c. En quoi ces métaphores associées à la couleur blanche annoncent-elles le mariage de Mouret et de Denise ?

La visée

8 Quelles impressions cette description produit-elle sur le lecteur ? Quelle image Zola donne-t-il du grand magasin ?

9 En quoi cette description de l'exposition du blanc constitue-t-elle une annonce du dénouement ?

Se documenter

Le blanc

Voici quelques notes prises par Zola sur le magasin *Au Bon Marché* :

« Pour l'exposition du blanc, tout le magasin est blanc, tous les rayons mettent à l'étalage ce qu'ils ont de blanc ; ainsi la draperie met la flanelle. On garnit de blanc les rampes des galeries supérieures et des escaliers. Tous les trumeaux sont blancs. Des rideaux tombent du vitrage, des dentelles larges pour meubler. Des fleurs blanches, des chaussettes blanches. »

Émile Zola.

Extrait 18

« – Oh ! monsieur Mouret, c'est vous que j'aime ! »

Denise a annoncé son départ du Bonheur. *Les vendeurs y voient une manœuvre pour se faire épouser et ont lancé les paris au sujet de ce mariage. L'inspecteur Jouve surprend Mme de Boves à voler des dentelles, ce qui distrait un moment Mouret de ses préoccupations : que va-t-il décider ? Après un arrêt en haut de l'escalier central pour contempler son magasin, il reprend sa marche.*

D'un pas machinal, Mouret suivit les galeries, tellement absorbé, qu'il s'abandonnait à la poussée de la foule. Quand il leva la tête, il était dans le nouveau rayon des modes, dont les glaces donnaient sur la rue du Dix-Décembre. Et là, le front contre le verre, il fit encore une halte, il regarda la sortie. Le soleil couchant jaunissait le faîte des maisons blanches, le ciel bleu de cette belle journée pâlissait, rafraîchi d'un grand souffle pur ; tandis que, dans le crépuscule qui noyait déjà la chaussée, les lampes électriques[1] du *Bonheur des Dames* jetaient cet éclat fixe des étoiles allumées sur l'horizon, au déclin du jour. Vers l'Opéra et vers la Bourse, s'enfonçait le triple rang des voitures immobiles, gagnées par l'ombre, et dont les harnais gardaient des reflets de vive lumière, l'éclair d'une lanterne, l'étincelle d'un mors[2] argenté. À chaque seconde, un appel de garçon en livrée[3] retentissait, et un fiacre avançait, un coupé[4] se détachait, prenait une cliente, puis

1. Elles ne seront utilisées dans les magasins qu'à partir de 1880 (anachronisme).
2. Pièce métallique du harnais, qui passe dans la bouche du cheval et qui, avec les rênes, permet de le conduire.
3. En uniforme.
4. Voiture fermée, à un ou deux chevaux, à quatre roues et généralement à deux places, et dont la caisse semble coupée de sa partie avant.

s'éloignait d'un trot sonore. Les queues diminuaient maintenant, six voitures roulaient de front, d'un bord à l'autre, au milieu des battements de portières, des claquements de fouet, du bourdonnement des piétons qui débordaient parmi les roues. Il y avait comme un élargissement continu, un rayonnement de la clientèle, remportée aux quatre points de la cité, vidant les magasins avec la clameur ronflante d'une écluse. Cependant, les voitures du *Bonheur*, les grandes lettres d'or des enseignes, les bannières hissées en plein ciel, flambaient toujours au reflet de l'incendie du couchant, si colossales dans cet éclairage oblique, qu'elles évoquaient le monstre des réclames, le phalanstère dont les ailes, multipliées sans cesse, dévoraient les quartiers, jusqu'aux bois lointains de la banlieue. Et l'âme épandue de Paris, un souffle énorme et doux, s'endormait dans la sérénité du soir, courait en longues et molles caresses sur les dernières voitures, filant par la rue peu à peu déblayée de foule, tombée au noir de la nuit.

Mouret, les regards perdus, venait de sentir passer en lui quelque chose de grand ; et, dans ce frisson du triomphe dont tremblait sa chair, en face de Paris dévoré et de la femme conquise, il éprouva une faiblesse soudaine, une défaillance de sa volonté, qui le renversait à son tour, sous une force supérieure. C'était un besoin irraisonnable d'être vaincu, dans sa victoire, le non-sens d'un homme de guerre pliant sous le caprice d'un enfant, au lendemain de ses conquêtes. Lui qui se débattait depuis des mois, qui le matin encore jurait d'étouffer sa passion, cédait tout d'un coup, saisi du vertige des hauteurs, heureux de faire ce qu'il croyait être une sottise. Sa décision, si rapide, avait pris d'une minute à l'autre une telle énergie, qu'il ne voyait plus qu'elle d'utile et de nécessaire dans le monde.

Le soir, après la dernière table, il attendit dans son cabinet. Frémissant comme un jeune homme qui va jouer son bonheur, il ne pouvait rester en place, il retournait sans cesse à la porte, pour prêter l'oreille aux rumeurs des magasins, où les commis faisaient le déplié[5], enfoncés jusqu'aux épaules dans le saccage de la vente. À chaque bruit de pas, son cœur battait. Et il eut une émotion, il se précipita, car il avait entendu au loin un sourd murmure, peu à peu grossi.

C'était l'approche lente de Lhomme, chargé de la recette. Ce jour-là, elle pesait si lourd, il y avait tellement du cuivre et de l'argent, dans le numéraire encaissé, qu'il s'était fait accompagner par deux garçons. Derrière lui, Joseph et un de ses collègues pliaient sous les sacs, des sacs énormes, jetés comme des sacs de plâtre sur leurs dos ; tandis que, marchant le premier, il portait les billets et l'or, un portefeuille gonflé de papiers, deux sacoches pendues à son cou, dont le poids le tirait à droite, du côté de son bras coupé. Et, lentement, suant et soufflant, il venait du fond des magasins, à travers l'émotion grandissante des vendeurs. Les gants et la soie s'étaient offerts en riant pour le soulager, la draperie et les lainages souhaitaient un faux pas, qui aurait semé l'or aux quatre coins des rayons. Puis, il avait dû monter un escalier, s'engager sur un pont volant, monter encore, tourner dans les charpentes, où les regards du blanc, de la bonneterie, de la mercerie, le suivaient, bayant[6] d'extase devant cette fortune voyageant en l'air. Au premier, les confections, la parfumerie, les dentelles, les châles, s'étaient rangés avec dévotion, comme sur le passage du bon Dieu. De proche en proche, le brouhaha s'élevait, devenait une clameur de peuple saluant le veau d'or.

Cependant, Mouret avait ouvert la porte. Lhomme parut, suivi des deux garçons, qui chancelaient ; et, hors d'haleine, il eut encore la force de crier :

5. Triaient et rangeaient les marchandises qui ont été sorties.
6. Demeurant la bouche ouverte dans une attitude passive d'étonnement, d'admiration, etc.

– Un million, deux cent quarante-sept francs quatre-vingt-quinze centimes !

Enfin, c'était le million, le million ramassé en un jour, le chiffre dont Mouret avait longtemps rêvé ! Mais il eut un geste de colère, il dit avec impatience, de l'air déçu d'un homme dérangé dans son attente par un importun :

– Un million, eh bien ! mettez-le là.

Lhomme savait qu'il aimait ainsi à voir sur son bureau les fortes recettes, avant qu'on les déposât à la caisse centrale. Le million couvrit le bureau, écrasa les papiers, faillit renverser l'encre ; et l'or, et l'argent, et le cuivre, coulant des sacs, crevant des sacoches, faisaient un gros tas, le tas de la recette brute, telle qu'elle sortait des mains de la clientèle, encore chaude et vivante.

Au moment où le caissier se retirait, navré de l'indifférence du patron, Bourdoncle arriva, en criant gaiement :

– Hein ! nous le tenons, cette fois !… Il est décroché, le million !

Mais il remarqua la préoccupation fébrile de Mouret, il comprit et se calma. Une joie avait allumé son regard. Après un court silence, il reprit :

– Vous vous êtes décidé, n'est-ce pas ? Mon Dieu ! je vous approuve.

Brusquement, Mouret s'était planté devant lui, et de sa voix terrible des jours de crise :

– Dites donc, mon brave, vous êtes trop gai… N'est-ce pas ? vous me croyez fini, et les dents vous poussent. Méfiez-vous, on ne me mange pas, moi !

Décontenancé par la rude attaque de ce diable d'homme qui devinait tout, Bourdoncle balbutia :

– Quoi donc ? vous plaisantez ? moi qui ai tant d'admiration pour vous !

– Ne mentez pas ! reprit Mouret plus violemment. Écoutez, nous étions stupides, avec cette superstition que le mariage devait nous couler. Est-ce qu'il n'est pas la santé nécessaire, la force et l'ordre mêmes de la vie !… Eh bien ! oui, mon cher, je l'épouse, et je vous flanque tous à la porte, si vous bougez. Parfaitement ! vous passerez comme un autre à la caisse, Bourdoncle !

D'un geste, il le congédiait. Bourdoncle se senti condamné, balayé dans cette victoire de la femme. Il s'en alla. Denise entrait justement, et il s'inclina dans un salut profond, la tête perdue.

– Enfin ! c'est vous ! dit Mouret, doucement.

Denise était pâle d'émotion. Elle venait d'éprouver un dernier chagrin, Deloche lui avait appris son renvoi ; et, comme elle essayait de le retenir, en offrant de parler en sa faveur, il s'était obstiné dans sa malchance, il voulait disparaître : à quoi bon rester ? pourquoi aurait-il gêné les gens heureux ? Denise lui avait dit un adieu fraternel, gagnée par les larmes. Elle-même n'aspirait-elle pas à l'oubli ? Tout allait finir, elle ne demandait plus à ses forces épuisées que le courage de la séparation. Dans quelques minutes, si elle était assez vaillante pour s'écraser le cœur, elle pourrait s'en aller seule, pleurer au loin.

– Monsieur, vous avez désiré me voir, dit-elle de son air calme. Du reste, je serais venue vous remercier de toutes vos bontés.

En entrant, elle avait aperçu le million sur le bureau, et l'étalage de cet argent la blessait. Au-dessus d'elle, comme s'il eût regardé la scène, le portrait de Mme Hédouin, dans son cadre d'or, gardait l'éternel sourire de ses lèvres peintes.

– Vous êtes toujours résolue à nous quitter ? demanda Mouret, dont la voix tremblait.

– Oui, monsieur, il le faut.

Alors, il lui prit les mains, il dit dans une explosion de tendresse, après la longue froideur qu'il s'était imposée :

– Et si je vous épousais, Denise, partiriez-vous ?

Mais elle avait retiré ses mains, elle se débattait comme sous le coup d'une grande douleur.

– Oh ! monsieur Mouret, je vous en prie, taisez-vous ! Oh ! ne me faites pas plus de peine encore !… Je ne peux pas ! je ne peux pas… Dieu est témoin que je m'en allais pour éviter un malheur pareil !

Elle continuait de se défendre par des paroles entrecoupées.

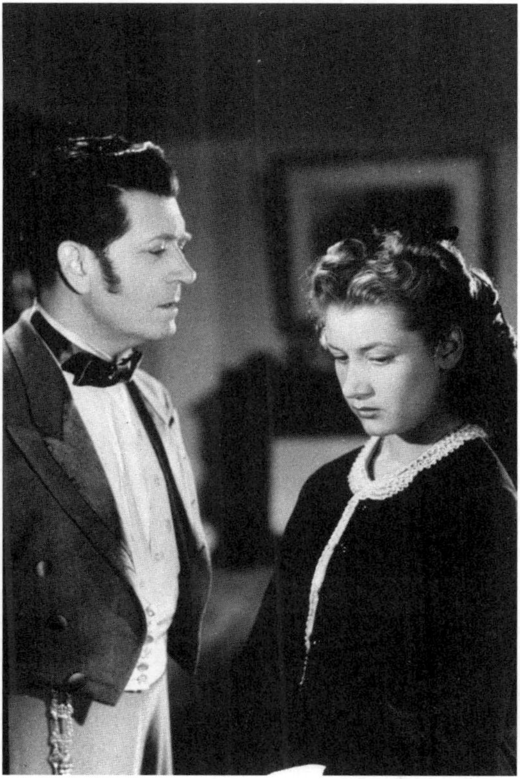

Albert Préjean (Mouret) et Blanchette Brunoy (Denise) dans le film d'André Cayatte, *Au bonheur des dames* (1943).

N'avait-elle pas trop souffert déjà des commérages de la maison ? Voulait-il donc qu'elle passât aux yeux des autres et à ses propres yeux pour une gueuse ? Non, non, elle aurait de la force, elle l'empêcherait bien de faire une telle sottise.

Lui, torturé, l'écoutait, répétait avec passion :

– Je veux… je veux…

– Non, c'est impossible… Et mes frères ? j'ai juré de ne point me marier, je ne puis vous apporter deux enfants, n'est-ce pas ?

– Ils seront aussi mes frères… Dites oui, Denise.

– Non, non, oh ! laissez-moi, vous me torturez !

Peu à peu, il défaillait, ce dernier obstacle le rendait fou. Eh quoi ! même à ce prix, elle se refusait encore ! Au loin, il entendait la clameur de ses trois mille employés, remuant à pleins bras sa royale fortune. Et ce million imbécile qui était là ! il en souffrait comme d'une ironie, il l'aurait poussé à la rue.

– Partez donc ! cria-t-il dans un flot de larmes. Allez retrouver celui que vous aimez… C'est la raison, n'est-ce pas ? Vous m'aviez prévenu, je devrais le savoir et ne pas vous tourmenter davantage.

Elle était restée saisie, devant la violence de ce désespoir. Son cœur éclatait. Alors, avec une impétuosité d'enfant, elle se jeta à son cou, sanglota elle aussi, en bégayant :

– Oh ! monsieur Mouret, c'est vous que j'aime !

Une dernière rumeur monta du *Bonheur des Dames*, l'acclamation lointaine d'une foule. Le portrait de Mme Hédouin souriait toujours, de ses lèvres peintes. Mouret était tombé assis sur le bureau, dans le million, qu'il ne voyait plus. Il ne lâchait pas Denise, il la serrait éperdument sur sa poitrine, en lui disant qu'elle pouvait partir maintenant, qu'elle passerait un mois à Valognes, ce qui fermerait la bouche du monde, et qu'il irait ensuite l'y chercher lui-même, pour l'en ramener à son bras, toute-puissante.

Extrait du chapitre XIV.

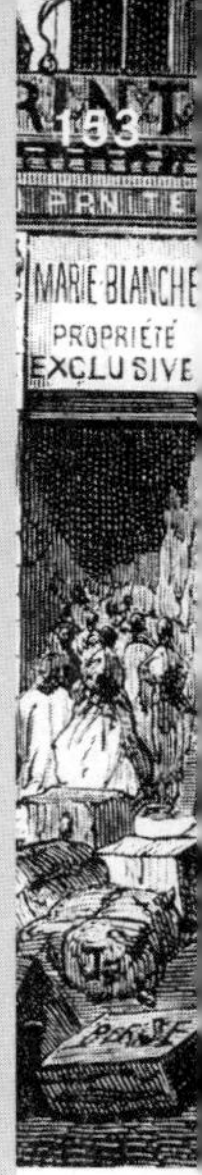

Repérer et analyser

Le cadre

1 **a.** Quels sont les deux lieux dans lesquels se trouve successivement Mouret (l. 2 à 47 et 48 à 186) ? Quelle importance ces lieux revêtent-ils pour lui ?
b. Quel est le moment de la journée ? Quel événement a eu lieu dans cette journée ? Aidez-vous du hors-texte.

2 Selon quel point de vue la description de la sortie des clientes est-elle faite (l. 2 à 23) ? Justifiez votre réponse.

3 Relisez les lignes 5 à 8 et 30 à 33. Relevez les expressions qui évoquent la paix, le bonheur, la tendresse. En quoi le cadre annonce-t-il la fin du roman ?

Le parcours de Denise et de Mouret

Le parcours professionnel de Mouret

4 Relisez le premier paragraphe. En quoi le terme le terme « rayonnement » (l. 21-22) symbolise-t-il la victoire commerciale de Mouret ?
Pour répondre :
– relevez le champ lexical de la lumière ;
– relevez les termes qui évoquent le départ de la clientèle et l'intense activité qui règne aux abords du magasin (verbes d'action, champ lexical du bruit…).

5 Relisez les lignes 24 à 29.
Analysez la métaphore de la dévoration utilisée pour évoquer le grand magasin. En quoi le magasin est-il l'élément central d'une épopée commerciale ?

Le parcours amoureux

6 **a.** Quels sentiments successifs Mouret éprouve-t-il ? Par quels comportements ces sentiments se traduisent-ils ? Appuyez-vous sur les notations de gestes, d'attitudes et sur les passages qui présentent ses réflexions intérieures selon le point de vue interne.
b. Analysez la métaphore guerrière (l. 39 à 41). En quoi Mouret est-il à la fois vainqueur et vaincu ?

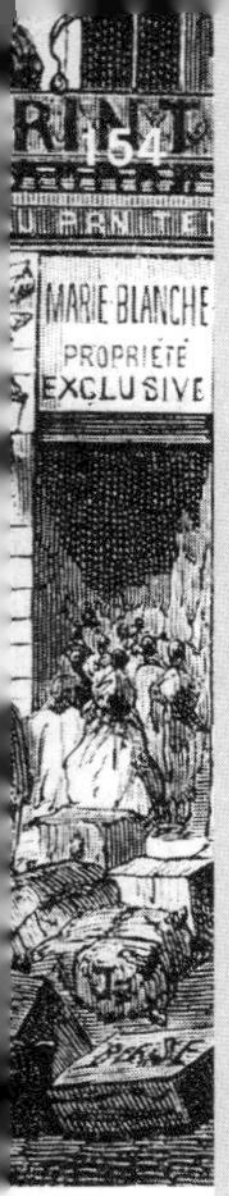

7 **a.** À partir de « Enfin ! c'est vous ! » (l. 123), montrez que l'émotion de Mouret est à son comble. Pour répondre, appuyez-vous sur les types de phrases et les champs lexicaux des sentiments et des manifestations physiques.

b. Relevez les expressions qui montrent que la recette de la vente n'a plus d'importance. En quoi le personnage s'est-il transformé ?

8 **a.** Quels sont les sentiments éprouvés par Denise dans cette scène ? Appuyez-vous sur les indications de ton, de gestes et d'attitudes. Repérez le passage dans lequel le narrateur adopte le point de vue de la jeune fille.

b. Quels sont les arguments de la jeune fille pour ne pas accepter le mariage ? Quelles paroles de Mouret la font changer d'avis ?

La construction du roman

Les scènes parallèles

9 Comparez l'arrivée de la recette de la grande exposition de blanc (l. 56 à 93) avec celles des deux grandes journées de vente du *Bonheur* (voir l'extrait 5, p. 51, et l'extrait 12, p. 107). Pour répondre :

- repérez les ressemblances et les différences, examinez le cheminement de la recette, les personnages en présence, leur attitude, les réactions de l'ensemble du personnel, le chiffre de la recette et la manière dont elle est apportée ;
- dites ce que signifie la métaphore « une clameur de peuple saluant le veau d'or » (l. 76).

Les scènes antithétiques

10 Comparez le début et la fin du roman : moment de l'année et de la journée, lieux, personnages présents, situation et état d'esprit de Denise… En quoi les ressemblances et les différences mettent-elles en valeur l'évolution de Denise ?

Le dénouement

La fin ou clôture d'un roman peut être ouverte ou fermée. Elle est fermée si elle met un terme aux aventures des personnages et qu'elle constitue un point terminal heureux ou malheureux (mort, mariage…). Elle est ouverte si l'intrigue peut se poursuivre au-delà du texte et que le lecteur peut imaginer une suite possible.

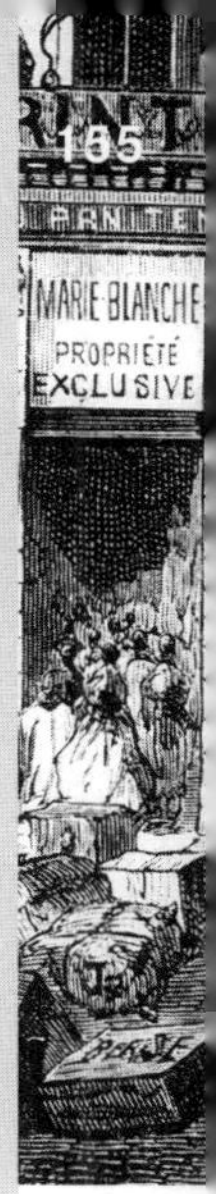

11 **a.** Cet extrait constitue le dénouement du roman. Relevez l'ensemble des indices qui suggèrent l'idée de fin.
b. S'agit-il d'un dénouement heureux ? Relevez les deux phrases sur le portrait de Mme Hédouin. Quel rôle symbolique joue-t-il ?
c. La fin du roman est-elle fermée ou ouverte ? Justifiez votre réponse.

La visée

12 Quelle est la visée du roman concernant le rapport de l'argent et du bonheur ?
13 En quoi le dénouement réconcilie-t-il amour et affaires ?

Écrire

Écrire une lettre

14 Denise, de Valognes, écrit à Mouret : elle lui ouvre son cœur, exprime ses sentiments. Elle fait des projets d'avenir, concernant le magasin et concernant sa vie privée avec Mouret.

Se documenter

Le « déplié »

« Il retournait sans cesse à la porte, pour prêter l'oreille aux rumeurs des magasins, où les commis faisaient le déplié » (l. 50 à 52).
Voici quelques notes prises par Zola :

« [...] au fur et à mesure que les clientes viennent, les marchandises sont sorties, dépliées, étalées de tous côtés. Alors, au milieu de ce désordre, quand un employé est libre, le chef de comptoir lui dit : “Faites le déplié”, c'est-à-dire rangez les étoffes dépliées. Mais il arrive, les jours de grande foule, qu'on n'a pas le temps de faire le déplié, et tout s'encombre alors, c'est un écroulement de marchandises jusqu'au soir. Alors, dès six heures, quand la foule s'en va, on se met à ranger, et les employés ne partent que lorsque tout est en ordre dans le rayon, couvert de toile, bouclé, cadenassé, etc. »

Émile Zola.

Questions de synthèse

Au bonheur des dames

Le narrateur, le point de vue et les paroles rapportées

1 Définissez le statut du narrateur.

2 Montrez, en citant des exemples, que le narrateur varie les points de vue : omniscient ou interne. Dans ce deuxième cas, de quels personnages le narrateur adopte-t-il le point de vue ?

3 Montrez, en vous appuyant sur le texte, que le narrateur utilise différents procédés pour rapporter les paroles des personnages : style direct, style indirect, style indirect libre, récit de paroles. Justifiez ces choix. Quel effet produit cette alternance ?

La chronologie, le rythme et la structure du roman

4 Établissez la chronologie du roman, sachant que, selon le plan détaillé établi par Zola avant la rédaction définitive, le roman commence en octobre 1864 et se termine en février 1869.

5 **a.** Combien de chapitres le roman compte-t-il ?
b. Faites la liste des chapitres qui se déroulent sur une journée.
c. Faites la liste des chapitres qui présentent des sommaires et qui permettent d'accélérer le rythme de la narration.
d. Que pouvez-vous en conclure sur le rythme narratif du roman ?

6 Quels sont les trois grands moments du récit qui permettent de mesurer le développement du *Bonheur des Dames* ? Précisez les éléments qui sont repris d'un chapitre à l'autre.

L'espace

7 *Au bonheur des dames* permet de suivre les transformations d'un quartier de Paris. À quelle époque ? En quoi ces transformations consistent-elles ?

8 Précisez les différentes étapes de l'agrandissement du *Bonheur des Dames*.

Le parcours de Denise et de Mouret : un roman d'amour

9 Le personnage de Denise : étudiez son physique, son caractère, son évolution professionnelle, ses rapports avec sa famille, avec les autres employés et les clientes.

10 Le personnage de Mouret : étudiez son physique, son caractère, ses conceptions commerciales et ses ambitions, ses rapports avec les femmes.

11 Étudiez l'évolution des rapports entre Denise et Mouret. Pensez-vous que le triomphe de Denise traduise vraiment la revanche de la femme ?

Le naturalisme de Zola : réalités et images

12 Quelles sont les différentes étapes de la lutte entre les deux formes de commerce ?

13 Étudiez les conditions de vie et de travail des employés.

14 Quel rôle joue l'argent dans les mécanismes commerciaux ? dans la vie de Denise ?

15 L'art de la description : à travers l'étude des différentes descriptions, montrez qu'elles ont une visée informative et une visée symbolique.

16 La vision épique : montrez comment l'imagination d'Émile Zola transfigure la réalité en étudiant l'utilisation des figures de style concernant le grand magasin (métaphores, personnifications).

La visée du roman

17 Étudiez la figure du dirigeant d'un commerce moderne à travers le personnage de Mouret : esprit d'entreprise, techniques commerciales, paternalisme.

18 En quoi le personnage de Denise reflète-t-il les positions de Zola : admiration pour le progrès et condamnation des méfaits du commerce moderne ?

Liste des personnages

Baudu : oncle de Denise, drapier, propriétaire du *Vieil Elbeuf*, rue de la Michodière, en face du *Bonheur des Dames*, vit avec sa femme Élisabeth et sa fille Geneviève, amoureuse de Colomban.
Mme Bourdelais : amie d'Henriette Desforges, trois enfants, acheteuse avisée.
Bourdoncle : adjoint de Mouret.
Bourras : marchand de cannes et de parapluies, qui résiste jusqu'au bout à Mouret.
Mme de Boves : comtesse, cliente du *Bonheur*, vole des dentelles à la fin du roman ; son mari, M. de Boves, et leur fille Blanche.
Mme Cabin : chargée de la surveillance et du nettoyage des chambres des vendeuses au dernier étage du *Bonheur*.
Campion : responsable du service des livraisons du *Bonheur*, « service du départ », « ancien sergent à figure maigre ».
Clara Prunaire : elle sera un temps la maîtresse de Mouret, vendeuse au rayon des confections.
Colomban : premier commis du *Vieil Elbeuf*, doit épouser Geneviève et hériter de la boutique. Il tombe amoureux de Clara Prunaire et abandonne Geneviève et le *Vieil Elbeuf*.
Henriette Desforges : riche veuve d'un agent de la Bourse, maîtresse de Mouret.
Deloche : embauché le même jour que Denise au rayon des dentelles, amoureux de Denise, est licencié à la fin parce qu'il s'est laissé voler par Mme de Boves.
Mme Frédéric : seconde au rayon des confections.
Gaujean : fabricant de soie, aide Robineau dans sa lutte contre Mouret en l'approvisionnant en soie à bas prix.
Mme Guibal : cliente du *Bonheur*, n'achète rien jusqu'au jour où elle peut utiliser la technique des « rendus ».
Baron Hartmann : directeur du Crédit Immobilier, grand financier, aide Mouret à réaliser ses projets.
Caroline Hédouin : héritière du *Bonheur des Dames,* petit magasin de nouveautés, devenue veuve, se marie avec Octave Mouret. Elle meurt pendant les premiers travaux d'agrandissement du *Bonheur*, avant le début du roman.
Hutin et Favier : vendeurs au rayon des soieries. Denise se croit amoureuse pendant un moment du premier mais il la méprise.
L'inspecteur Jouve : ancien militaire à la retraite.
La famille Lhomme : Madame Aurélie, première vendeuse au rayon des confections, son mari, le premier caissier manchot et musicien, son fils Albert, caissier, qui cause des ennuis à sa mère en organisant divers trafics, Joseph, son frère de lait qui fait les paquets.
Liénard : vendeur aux lainages, ami de Hutin puis de Deloche, connu pour sa paresse.
Marguerite Vadon : vendeuse au rayon des confections.
Mme Marty : atteinte de « rage de dépense », ruine son mari, et sa fille Valentine.
Mignot : vendeur à la ganterie, complice des combines frauduleuses d'Albert, finalement licencié, devient courtier.
Pauline Cugnot : vendeuse à la lingerie, est longtemps la seule amie de Denise. Son amant, Baugé, est vendeur au *Bon Marché* ; elle l'épouse et il vient travailler au *Bonheur*.
Robineau : second aux soieries, qui crée ensuite son magasin et tente de se suicider quand il est acculé à la faillite.
Paul de Vallagnosc : ami d'enfance de Mouret, épouse Blanche de Boves.

Index des rubriques

Repérer et analyser

Écrire

Étudier la langue

Se documenter

Enquêter

Débattre

Table des illustrations

Iconographie : Hatier Illustration/Édith Garraud

Principe de maquette : Mecano-Laurent Batard

Mise en page : Alinéa

Achevé d'imprimer par Hérissey à Évreux (Eure) - France - N° 121430

Dépôt légal : 74520-1/12 - Novembre 2013